古典の小径

――記紀から『夜明け前』まで

外村展子

新葉館出版

古典の小径■目次

Ⅱ 中世

Ⅲ　近　世

古典の小径

十境の摺物

——小径へのお誘い

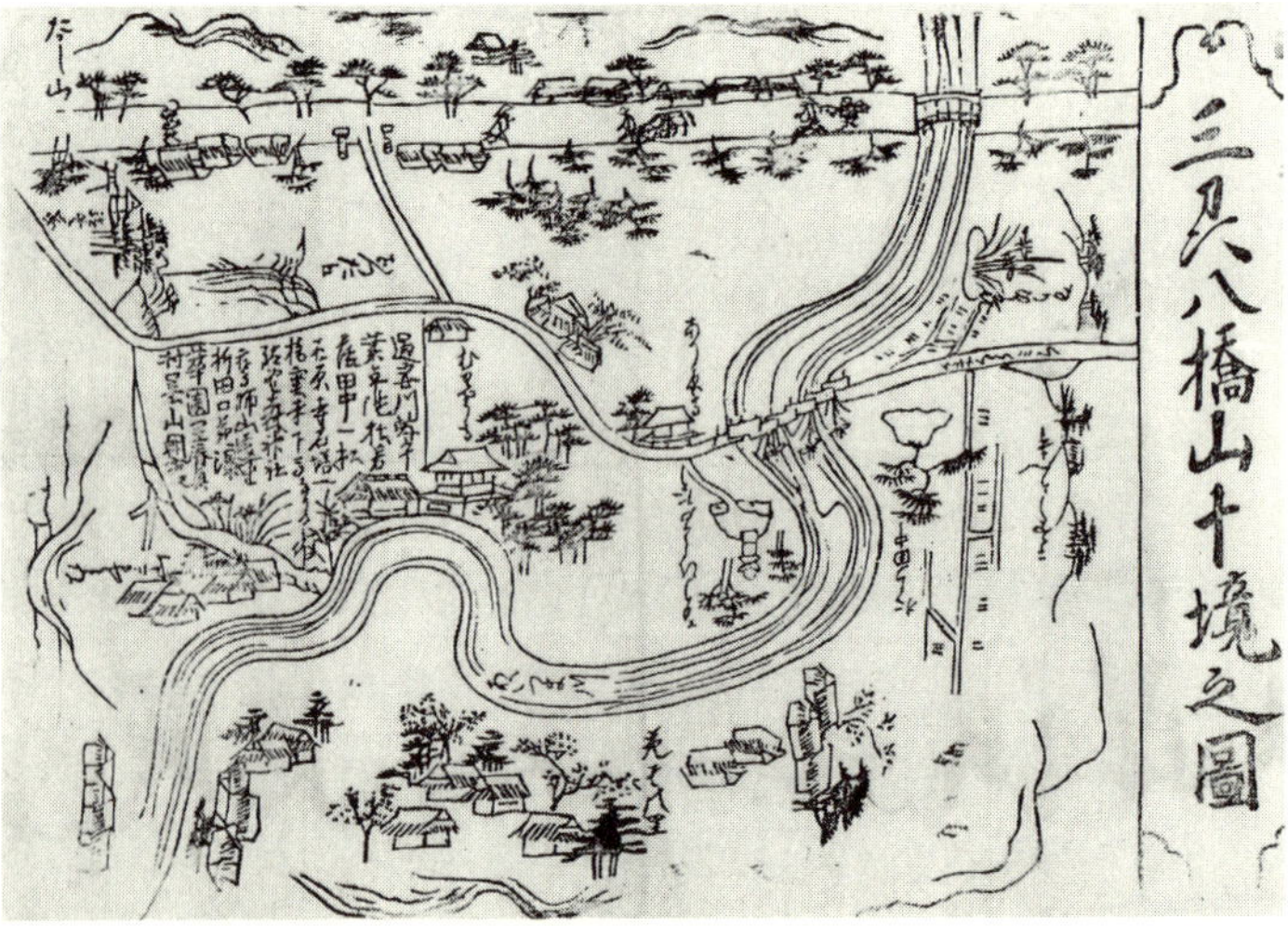

「三州八橋山十境之図」

縦 27㎝、横 39㎝、安永七年（1778）ごろ刊

（本書 284 頁「八橋山無量寺」288 頁「茶を売る禅僧」参照）

以下、所蔵者を示していない場合は、架蔵

図版の摺物《すりもの》は、三河国（愛知県）八橋の周辺図です。『伊勢物語』の九段、昔男《むかしおとこ》が東国へ都落ちする途中、八橋の沢のほとりで休み、乾飯《かれいい》を食べながら、「かきつばた」の五文字を句の上に据えて「旅の心」を詠めといわれます。

唐衣《からころも》　きつつなれにし　つましあれば　はるばるきぬる　旅をしぞ思ふ

と詠んだところ、皆が涙を落とし、乾飯がふやけてしまったという、「東下《あづまくだ》り」の舞台となったところです。その辺りは海道の宿駅尾張国両村《ふたむら》と三河国鳥捕《わしとり》（岡崎市矢作《やはぎ》町）の中間ぐらいで、乾飯を食べるのに相応しい位置でした。鎌倉時代になると京・東国間の往来が盛んになり「鎌倉道」が整備され、辺りは宿駅「八橋」として栄えたようです。

図の中央左余白に、遇妻川蛛手《あいづまがわくもで》・業平池杜若《なりひらいけかきつばた》・落田中一松《おちたなかひとつまつ》・在原寺石塔《ざいげんじしやくとう》・橋雲寺下馬《きょううんじげば》・駄野森神社《のせのもりじんじゃ》・鷹師山遠望《たかしやまえんぼう》・折田口花瀑《おりたぐちかばく》・華園里春興《はなぞののさとしゅんきょう》・村墨山朝霞《むらずみやまあさがすみ》の十境《じゅっきょう》が列挙されています。蛇行する「あいづま川」と交差する細い「かまくらみち」に、板を七、八枚重ねた八橋が描かれています。矛盾を承知しながら、「遇妻川蛛手」としたのは、いうまでもなく『伊勢物語』の措辞《そじ》をそのまま取り入れた結果です。

無量寺は、寺伝によれば『伊勢物語』成立以前から「八橋」を山号とし、業平自らが彫ったという観音像を寺宝とし、近世前期には乾鮭《からざけ》や伽羅に似た代物《しろもの》を「橋杭」と称して参詣者に拝観させていました（誹諧柱暦ほか）。江戸の発展につれ東海道の交通量は飛躍的に増大、名所旧跡や文学遺跡の簡略な説明や挿絵を付した道中記も盛んに出版されますが、鎌倉道近くの同寺は宿駅八橋とともに衰微し、その挽回策が必要だったのでしょう。

この十境は、尾張藩の和学者天野信景《さだかげ》（一六六三～一七三三）の『塩尻拾遺《しおじりしゆうい》』に、知友が同寺を訪ねて絵図を写したとの記述があり、元禄末（一七〇〇）頃までに定められたようです。

八橋からほど近い鳴海《なるみ》の豪家、千代倉《ちよくら》（下郷《しもざと》家）代々の日記を通覧しますと、六代学海《がつかい》の日記、安永七年（一七七八）十一月八日のところに、八橋村無量寺（臨済宗妙心寺派）の住僧が同家を訪れ、誰か絵師に「八橋之十景図」を描かせてほしいと頼んでいる記事が見えます。単に絵師の紹介だけか、費用も面倒を見て欲しいということなのか、はっきりしませんが、前年、学海が無量寺の境内に芭蕉と同家二代知足《ちそく》の連句碑、

かきつばた　**我に発句の**　おもひあり　　芭蕉

麦穂なみよる　潤ひの里

知足

を建てていますので、十境の摺物はそれに継ぐ動きだったのでしょう。近隣の勝地・遺跡を取り込んだ摺物を頒布して参拝者を呼び寄せ、寺の苦しい台所事情を少しでも改善させようと目論んだと思われます。

『伊勢物語』は、『源氏物語』や『好色一代男』などの傑作を輩出した、いわば日本古典文学の原郷《ふるさと》です。歌人はもちろん、連歌師や俳諧師の必読書でもありました。「八橋」に咲く「かきつばた」をながめて、都に残して来た妻（恋人）を偲ぶ心性は、直接古典文学に触れることのない人々にも、芸能・映画、観光などを通じて、日本人のDNAとなって受け継がれています。『伊勢物語』は一例に過ぎません。先人たちの遺してくれた古典は無数で、その森に至る小径も無数にあります。関心の赴くまま、一人でも多くの方が古典の小径をともに逍遙《しょうよう》して下されば、著者としてこれにまさる喜びはありません。

＊森川昭氏・夷参《いさま》・13号、同氏・千代倉家《ちよくらけ》日記抄三十八・帝京日本文化論集17、『知立市史　下巻』、鈴木健一氏・江戸諸国四十七景・講談社選書メチエ参照。

I 古代

竹取物語と富士山

——祭神になりそこねたかぐや姫

『竹取物語』（下）
（国立国会図書館デジタルコレクション蔵）

平安初期にできたわが国最古の作り物語『竹取物語』の最後に、富士山の地名起源が書かれています。『竹取物語』には二つの系統があり、古本《こほん》系と呼ばれるものには、月の都の人々がかぐや姫を迎えにきます（前頁の絵はその場面を描いたもの）。姫は帝《みかど》に、不死の薬を入れた壺と文を残します。帝は、姫に逢うことができないなら不要だと、もっとも天に近い山の頂上で燃やすよう命じます。そして、不死の薬を焼いた後はその山を「ふしの山」と名付け、その煙が今も雲の中へたちのぼっているということです。

とあります。流布本《るふぼん》系は、

天にもっとも近い駿河の国にある山へ、勅使が「つはもの」どもをあまた具して登ったので、「つはもの」→「もののふ」→「武士」→「ぶし」→「ふじ」→「富士山」と名付けた（出雲朝子氏・『竹取物語』末尾の富士山地名起源説話について・汲古・第58号参照）。

と、読者をとまどわせる結末になっています。

ところで、富士山を初夢に見ると縁起がよいとされたのは江戸時代からのことで、それ以前は、神仏の宿る霊山として畏れられ、崇められたのです。山部赤人《やまべのあかひと》は、

天地《あめつち》の　分れし時ゆ　神《かむ》さびて　高く貴き　駿河なる　布士《ふじ》の高嶺を　……

（万葉集・巻第三）

と詠んでいます。火を噴く荒ぶる山を神として祀り始めたのは、貞観六年（八六四）の大噴火以前からで、その頃も富士神ではなく、浅間《あさま》神（火の神）と呼ばれたようです。アイヌ語あるいは南方の「アソ」（煙、湯気）という語と関係があるという説もあります。現在、日本全国に千三百余の浅間《せんげん》神社がありますが、その総本宮である富士山本宮浅間大社は、木花之佐久夜毘売命《このはなのさくやびめのみこと》（浅間大神《あさまのおおかみ》）を主祭神としています。ところが、コノハナノサクヤビメを明確に祭神としてあげているのは、寛政年中（一七八九～一八〇一）に書かれた『富士本宮浅間社記』が最初なのです。

コノハナノサクヤビメが祭神とされたのは、『古事記』の神話によります。天照大神の孫瓊瓊杵尊《ににぎのみこと》が、高天原《たかまがはら》から日向《ひゅうが》の国（宮崎県）の高千穂峰に降り立ち、美しいヒメを娶ります。ほどなくヒメは一夜の契りで身籠ったため、尊《みこと》は自分の子ではないのではと疑います。ヒメは産屋に火を放って無事に三人の子を産み、潔白を証明したのです。この火中出産の説話から、コノハナノサクヤビメは「火の神」とされるのですが、『社記』では「水の神」としています。ヒメの水徳（富士山から湧き出る霊水）をもって噴火が鎮まったと考えるのです。

一方、南北朝時代に成立した、それ以後の文芸に大きな影響を及ぼした『神道集』には、駿河国富士郡の「管竹ノ翁」は子供がいないことを歎いていたが、竹林から五、六歳の女子を見つける。「赫野姫《カクヤ》」と名付けられ、国司と結婚するが、翁夫婦の死後、赫野姫が語るには、自分は富士山の仙女であり、仙宮に返らなければならない。……「赫野姫ト国司トハ神ト顕テ、富士浅間大菩薩ト申ナリ」。（富士浅間大菩薩事）

とあり、何かの都合で、記紀の神ではなく、物語の主人公である「かぐや姫」が、祭神として崇められることになっていたかもしれないのです。

＊「筒城《つつき》（木）という地名のついた豪族が『古事記』の垂仁天皇のところに出てくる大筒木垂根王《おおつつきたるね》で、その娘カグヤヒメ（迦具夜比売）は垂仁天皇の妃になります。カグヤヒメは『竹取物語』に初めて登場するのではなくて、ヌリノミの地域にいた筒木の豪族の娘です。」（森浩一氏・討論　古代史のなかの女性たち・『古代史のなかの女性たち』大巧社）とのことです。

住吉明神

――和歌三神とは

中秋の名月、反橋（太鼓橋）上の献詠
全国から住吉大社に応募された歌が選ばれて献詠される
（住吉大社提供）

歌道家として、あるいは和歌の師として認められるには、神によって守られることが重要で、六条家（藤原顕季《あきすえ》・顕輔《あきすけ》・清輔《きよすけ》・顕昭《けんしょう》）では、柿本人丸の像を掲げて和歌を献ずる「人丸影供《えいぐ》」が行われ、藤原俊成（一一一四〜一二〇四）は、住吉・玉津島（衣通姫《そとおりひめ》）の両神を尊崇しました。

住吉明神が和歌を守護する神であると考えられたのは、『伊勢物語』に、

むかし、帝《みかど》（神武天皇か）、住吉に行幸したまひけり。

我《われ》見ても　久しくなりぬ　住吉の　岸の姫松　いく代経ぬらん

御神《おほん》、現形《げぎやう》し給ひて、

むつましと　君はしらなみ　瑞垣《みづがき》の　久しき世より　いはひそめてき（百十七段）

と、帝との贈答歌が載り、『新古今集』にも、

夜や寒き　衣やうすき　片削《かたそ》ぎの　ゆきあひのまより　霜やおくらん（神祇歌）

と、帝に社殿の破損を訴えている歌が載るように、住吉明神が歌をよむ神様であることに

発祥するのです。

大阪市住吉区住吉にある住吉大社の祭神は、底筒男命《そこつつのおのみこと》・中筒男命《なかつつ》・表筒男命《うわつつ》三兄弟と神功皇后です。この「三」と和歌の守護神という考え方とが結びつき、鎌倉時代に「和歌三神《さんじん》」が生まれたようです。最初はこの三兄弟が和歌三神だったのです。

住吉明神は、ウミサチビコ・ヤマサチビコの記紀神話で、弟のヤマサチが兄から借りた釣り針をなくして困っている時、目のない竹籠を作って、海底にある神の宮へ行く方法を教えた、塩椎《しおつち》（塩筒《しおつつ》）老翁《のおじ》という潮流を支配する神と同一神なのです。そこで、ヤマサチの孫である初代天皇神武に対して、塩椎老翁すなわち住吉明神は「（帝はご存じないようですが）久しき世より祝ひ初めてき」と詠んでいるのです。

また、応永二十六年（一四一九）に朝鮮王朝の大軍が対馬を侵略した「応永の外寇」の寓意をふくむ謡曲「白楽天」では、

唐の詩人白楽天が日本の知恵を計れという勅令により筑紫の松浦潟（佐賀県唐津市）に到着します。そこで小舟で釣りをする漁翁《ぎょおう》と漁夫に出会います。漁翁は楽天の名や

旅の目的を言い当て、楽天が目前を、
「青苔衣《せいたい》をおびて巌《いはほ》の肩にかかり　白雲帯に似て山の腰をめぐる」と朗詠すると、
「苔衣　着たる巌は　さもなくて　衣着《きぬ》ぬ山の　帯をするかな」
と直ちに和歌に翻訳します。漁翁は日本では蛙や鶯までもが歌を詠むのだといい、舞楽を見せようと告げ、消えます。漁翁は実は住吉明神で、やがて気高い老神として現れて舞を見せ、その後、多くの日本の神々と共に神風を起こし、楽天を唐土へと吹き戻すのでした。

室町時代には、柿本人丸・山部赤人・衣通姫の三聖も和歌三神とされるようになります。神道・歌道の両者に大きな影響力を持った吉田神道では、三聖を住吉三神と一体であると説いています（三輪正胤氏・歌学秘伝の研究・風間書房）。

よく知られる住吉・玉津島・人麻呂の組み合わせの初例は、酒井茂幸氏によると、延宝七年（一六七九）、度会《わたらい》直方編の『和歌三神本縁』かということです（国文学研究・一三四号）。

和歌三神は誰と誰と誰なのかというのは、なかなかむつかしい問題なのです。

屋島城
——古代の渡来人

屋島城跡から瀬戸内海を一望に収める
(2015年11月8日撮影)

屋島（香川県高松市）は、平教経《のりつね》が放った矢から身を挺して主君義経を守った「嗣信最期《つぎのぶさいご》」（平家物語）などで知られます。しかし、『吾妻鏡』によると、教経は前年の一一八四年二月七日に捕縛され、十三日に獄門にさらされているのです。矢は、「王城（都）一の強弓精兵《つよゆみせいびよう》」教経が放ったものではないのかもしれませんし、壇ノ浦の戦いでの教経の活躍も疑わしくなってしまいます。

ちなみに、川合康《やすし》氏は、「鹿の谷」（平家物語）の内容は、後白河院が延暦寺に武力攻撃をかける決意を固め、一旦はその命に従った清盛が突如西光を斬首、藤原成親を備前国に配流、俊寛らを鬼界が島（硫黄島）に流したことにより、攻撃が直前で回避された「安元三年（一一七七）の政変」を描いたものであり、平家打倒の謀議も多田行綱による密告もなかったとされます（平清盛の国政関与と「鹿ヶ谷事件」・平家物語を読む・吉川弘文館）。虚構と史実が醸し出す展開は興味が尽きません。

一方、疑わしいとされてきた『日本書紀』の記述が、発掘調査によって明確になった例もあります。それは、屋島の山頂付近にあった古代山城《さんじよう》「屋島城《やしまのき》」（安土桃山時代などの天守閣をもった城と区別して「き」と呼ぶ）の存在です。

『日本書紀』によると、天智二年（六六三）、朝鮮南西部を流れる錦江《きんこう》河口白村江《はくすきのえ》で、日本・百済連合軍と唐・新羅連合軍との間で海戦が繰り広げられ、日本は唐の水軍に完敗し、百済は完全に滅びました。

以後、大和朝廷は唐・新羅侵攻に備えて、対馬・北部九州から瀬戸内海沿岸にかけて、防護施設を築きます。六六四年、「太宰府の北、博多湾沿岸から筑紫平野に通じる平地の最狭部に長さ約一・二キロ、高さ約十四メートル、基底部幅八十メートルの土塁が築かれ、前面には幅六十メートル、深さ四メートルの堀をつくり」（日本史史料・古代・岩波書店）、六六七年には、「十一月、倭国高安城《たかやすのき》・讃吉国山田郡屋島城・対馬国金田城《かなたのき》を築きます」（日本書紀）。近年の発掘によると、屋島城は山上近くの断崖を自然の要害として利用し、城門は幅五・四メートル、奥行十メートルの国内最大級の規模を誇ります。しかし結局、敵が攻めてくることはなく、屋島城は、築城から短期間のうちに廃城となりました。

白村江の戦いの後、倭国《わこく》に逃れてきた百済・高句麗遺民《いみん》（国が滅んで後に残った民）は、一部は有能な官人として律令国家建設に貢献し、あるいは手工業を中心とする特殊技能をもって律令制に組み込まれ、大多数は開発・開墾を進めるヤマト王権の政策により、千人（近江)・二千人(東国)単位で、一定の地方に集中的に配置されたのです。

難民とも言える渡来人に関しては、六世紀以前、高句麗の南下に伴う戦乱を避けて、朝鮮半島南部から人々が渡来し、七世紀後半に百済・高句麗遺民が新しく渡来し、八世紀半ば以降にさかんに行われた改賜姓によって、渡来人であることが判明しにくくなり、九世紀前半の蝦夷《えぞ》征討の終了とともに、新たな渡来人の認可が行われなくなるという経緯をたどりました。律令国家が技術の継承を積極的に進めた結果、新たな渡来人を受け入れる必要がなくなったのです。

大宝律令の選定、平城宮の造営、『日本書紀』の編纂、東大寺の盧舎那仏《るしゃなぶつ》造立、砂鉄製錬、いずれも渡来人の知識と技術に頼らざるを得なかったのですが、丸山裕美子氏によると、彼らの最大の功績は、日本列島に文字をもたらしたことで、文字を操ることのできる渡来人集団をヤマト王権が掌握していたことが、倭国の支配の確立に決定的な役割を果たしたということです(帰化人と古代国家・文化の形成・岩波講座日本歴史・二〇一四年・第二巻)。

細男の舞

――春日若宮おん祭

細　男　舞
白い布を目の下に垂らし、袖で顔を覆いながら舞う
（春日大社提供）

春日大社の岡本彰夫前権宮司の「とにかく暖かい恰好をしてきてくれ」という言葉どおり、平成十五年師走、春日若宮おん祭は厳しい寒さの中で、夜執り行われました。この祭は、鎌倉時代は田楽と流鏑馬《やぶさめ》が呼び物とされ、室町将軍家歴代の春日社参は祭見物が目当てだったようです。平安末期から中世にかけての芸能を堪能できるお祭なのです。

若宮とは、本宮の祭神の子を境内に祀った神社を言い、春日若宮は、天児屋根命《あめのこやねのみこと》（藤原氏の祖神）の子天押雲根命《あめのおしくもねのみこと》が祭神であるとされています。保延元年（一一三五）、大和国の支配を狙う興福寺衆徒（僧兵）が春日社の祭祀に関与することを求めて建立したのです。翌年から始められた祭礼は、衆徒が主宰して官幣（神祇官のぬさ）を廃し、民衆化が進んで人気を博し、春日大社の閉ざされた勅祭とくらべて、はるかに盛大に催されるようになります。

十二月十七日午前〇時、若宮の神霊を御旅所《おたびしょ》に迎える遷幸《せんこう》の儀が始まりました。鹿の目だけが光る闇の中に、「をー、をー」と間断なく響く警蹕《けいひつ》の声は、とても此の世のものとは思えません。同日午後から、若宮に諸芸能が奉納されます。そして日没後、芝舞台に、白い浄衣《じょうえ》を着け、目の下に白い布を垂らした六人の舞人があらわれました。袖で顔を覆いながら進み退く無言の舞は、神秘的というよりも、むしろ不気味です。これは「細男《せいのお》の舞」で、各地の八幡宮では傀儡《くぐつ》（あやつり人形）が演じたようです。その起源について、神代のことで伝承なのですが、宇佐八幡宮縁起『八幡愚童訓』（鎌倉後期）に、

神功皇后は、住吉大明神の進言により、三韓（新羅・百済・高句麗）出兵のための船の舵取りとして、常陸の国の海底に住む安曇磯良《あずみのいそら》を召し出します。磯良は、自分は大海の底に長く住み、かきびせ（牡蠣の殻）が顔に吸い付いて見苦しいからと、躊躇します。そこで、皇后の妹豊姫らを遣わし神楽を奏させたところ、それが終わる前に、亀の甲に乗って豊浦に着きます。「顔の悪き事を恥ぢ給ひて、浄衣の袖を解きて御顔に覆ひて、御頸に鼓を懸け細男《せいなう》と云ふ舞を舞ひ給ひけり。さてこそ今の世までも、細男の面には布を垂たり」（上）

と記されています。

醜い神といえば、ニニギに結婚を丁重に断られた、コノハナサクヤビメの姉イワナガヒメ（古事記）や、役《えん》の小角《おづの》に命じられて葛城山と金峰山《きんぷせん》との間に岩橋を架けた時、容貌の醜さを恥じて夜しか働かなかったという一言主神《ひとことぬしのかみ》（霊異記・上28など）を思い出します。それ

ぞれに醜い容貌について意味づけがなされるのでしょうが、細男の場合、布で顔を隠すのは服従者の装いで、袖で顔を覆いながらの進退は恭順のしるしです。服従者とは、大和の政権に反抗した隼人《はやと》と、蒙古の兵士とが重なっているのです。宇佐八幡宮では、文永・弘安の役（一二七四・一二八一年）からさほど隔たらない時期に、「異国降伏」を表して「細男」が舞われています（福原敏男氏・その他の細男・祭礼文化史の研究・法政大学出版局参照）。しかし、六人の舞人が醸し出す不穏な空気は、彼らが決して服従したわけではなく、恭順の意を表しているわけでもないことを窺わせます。不気味だと感じられるのは、征服者側の不安な心のせいではないでしょうか。

なお、春日若宮神社の神主家は千鳥家ですが、『玉葉集』の、

同じ集（新後撰集）に名を隠して入り侍ることを思ひて　中臣　祐臣

和歌の浦に　跡つけながら　浜千鳥　名にあらはれぬ　ねをのみぞ鳴く　（雑）

が殊に有名になったため、家名を「千鳥」と称したのです。

北国出身の天皇

——継体天皇のこと

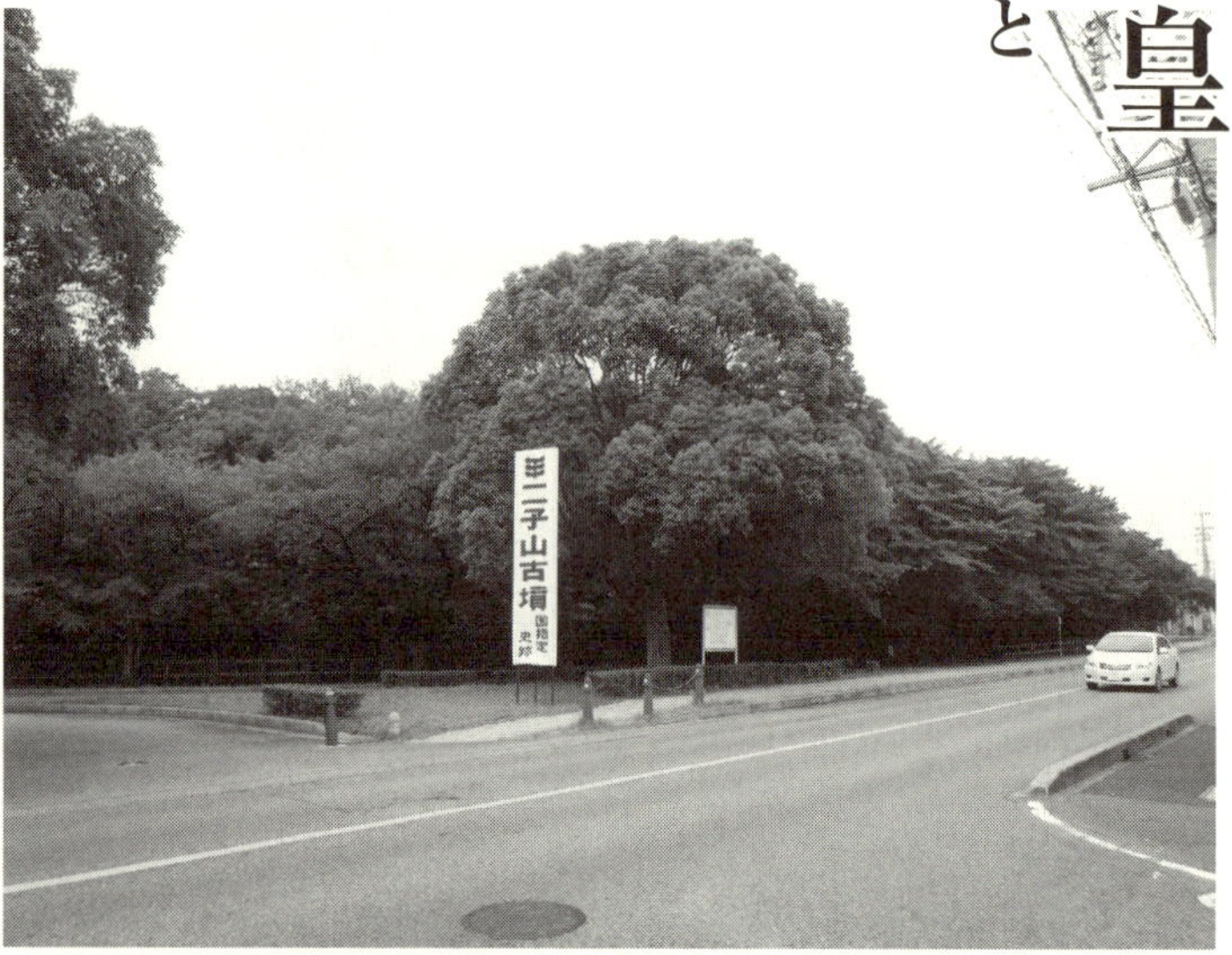

国指定史跡　**味美《あじよし》二子山古墳**（愛知県春日井市）
周溝を有する墳丘長 94m 墳丘高 8m の前方後円墳
標高 10m に位置する
継体天皇の后、目子媛《めのこひめ》の古墳か
（2013 年 7 月 25 日撮影）

古墳時代（三世紀末〜六世紀中頃）の莫大な量の鉄製品は、朝鮮半島で生産されたと考えられてきましたが、八賀晋《はちがすすむ》氏は、理化学的な結果に基づき、伊吹山地の金生山《きんしょうざん》（岐阜県大垣市赤坂町）の極めて良質な赤鉄鉱《せきてっこう》が四世紀段階から製錬され、赤坂は中央政権の主要な鉄生産地であったことを指摘されました（古代の鉄生産について――美濃・金生山の鉄をめぐって――・京都国立博物館学叢・21）。そのことにより、謎とされてきた北国出身の継体《けいたい》天皇（六世紀前半、神武天皇から数えると26代）のことが少し分かってきました。

古墳時代から飛鳥時代（六世紀末〜七世紀前半）にかけては、アジアが大きく動いた時代です。隋（五八一〜六一九年）が中国を統一し、その後唐（六一八〜九〇七年）が建国されます。朝鮮半島では、日本ともっとも深い関係にあった伽耶《かや》（任那《みまな》）諸国が滅亡し、新羅（三五六〜九三五年）が六世紀中頃から大きく成長して、やがて半島を統一します。

そういう情勢を熟知していたのは、大和周辺の王家ではなく、日本海沿岸の王家であったと考えられるのです。武烈天皇（25代）の死をもって、大和には天皇を継ぐ人物がいなくなった（日本書紀）からではなく、「アジア全体の新しい動きのなかから倭国の次の国王にふさわしい人を推挙しようという動きがあり」（森浩一氏・継体・欽明王朝と考古学の諸問題・『継体王朝』・大巧社）、大伴金村らが、越前の三国（福井県坂井郡三国町《みくにちょう》）に応神天皇（15代）の五世の孫ヲホドがいることを知って説得します。

ヲホドは父彦主人《ひこうし》（近江国）を幼い時に亡くし、母振媛《ふるひめ》の出身地越前国三国《みくに》で養育されたのです。ヲホドは樟葉宮《くすはのみや》（大阪府枚方市《ひらかたし》）で大王《おおきみ》（のちの天皇《すめらみこと》）に即位し、雄略天皇（21代）の孫を皇后《きさき》にします。この時五十七歳（古事記では二十三歳）でした。「応神天皇の五世の孫」というのは、後に数えられたもので、律令（七〇一年）に五世の孫までは王と称するとされたことと辻褄を合わせたのであり、前王朝の子女をめとったことは、逆にヲホド（継体）の出自が前王朝である大王（天皇）家につながっていないことを示していると考えられます。

雄略天皇の孫娘は欽明天皇（29代）を生みますが、その兄にあたる安閑天皇（27代）と宣化《せんか》天皇（28代）を生んだのは、尾張連草香《おわりのむらじくさか》の娘目子媛《めのこひめ》（古事記によると尾張連等の祖凡連《おおじのむらじ》の妹目子郎女《めのこいらつめ》）です。つまり、ヲホド（継体）の大和進出と大王即位に最も貢献したのが尾張連《むらじ》（尾張氏《うじ》）だということです。しかし、その後の大和定着に大きな役割を果たしたのは大伴氏と蘇我氏で、尾張氏は、用明天皇（31代）以後の大王の后の座を奪われてしまいます。

尾張氏はもともと伊勢湾の海部《あまべ》集団を支配した氏族だったのですが、金生山の鉄を支配下に置いて大きな力を持ち、その鉄でつくった三種の神器の一つである草薙剣《くさなぎのつるぎ》を、熱田神宮に奉賽《ほうさい》したと考えられるのです——三種の神器「草薙剣」と、熱田神宮の神体「草薙剣」とは別々のものだとする説もあります——。

継体天皇には多くの后妃と子女がいます。いわば人質作戦で、各地の王家と血縁関係を結び、勢力基盤を築いたのです。后たちの出身地は、湖北、河内、若狭などにわたります。ヲホド（継体）は、金生山の鉄、それを運ぶ水運、河内の軍馬と若狭の塩などを手に入れて、淀川、木津川水系の樟葉《くすは》・筒城《つつき》（京田辺市）・弟国《おとくに》（長岡京市）に都を置き、二十年の歳月を要して大和に入ったのです。新たな大王を受け入れない勢力（葛城氏か）があったためとも言われます。

ただ、『先代旧事本紀《せんだいくじほんぎ》』（平安初期）の「尾張氏系譜」には、尾張連草香《おわりのむらじくさか》も凡連《おおじのむらじ》も出てこないという大きな問題が残るのですが。

中臣氏から藤原氏へ

――鉄ならぬ水銀を制す

談山《たんざん》神社　**淡海公（不比等）十三重塔**

永仁六年(1298)の刻がある。高さ四メートル。永享十年（1438)、室町幕府の後南朝討伐の兵火で一山が焼亡したため、もっとも古い建造物。その際、破裂するご神体として知られる鎌足の木像は橘寺に動座。

(2009年10月3日撮影)

中臣鎌足（六一四～六六九）の子孫藤原道長（九六六～一〇二七）の栄華を称えた歴史物語『大鏡』に、「（鎌足は）常陸国（茨城県）にて生まれたまへりければ」（第五巻）と書かれています。奈良時代後期に成立した『大織冠伝《たいしょつかん》』（家伝・上）には、大和国高市《たかいち》郡の藤原の邸に生まれた（父御食子《みけこ》、母大伴夫人、大伴氏は摂津・和泉地方の豪族）とあります。大和生誕説が有力ですが、『日本書紀』が「中臣連《むらじ》の遠祖《とほつおや》大鹿嶋」（垂仁天皇紀）と記すのは、中臣連と常陸の鹿島との関係をうかがわせ、鹿島神宮と中臣氏所属の部民《べみん》（中臣部氏）との関係も指摘されており、皇居が飛鳥地方にほぼ固定する以前の中臣氏の本来の居地は不明とされています（国史大辞典・中臣氏）。

一大政治改革「大化の改新」（門脇禎二氏らの「大化の改新」を否定する説もある）をともに断行した天智天皇（六二六～六七一）は、鎌足に、臣下との結婚が禁じられていた采女《うねめ》を与えました。その喜びを鎌足は、

我れはもや　安見児《やすみこ》得たり　皆人《みなひと》の　得かてにすといふ　安見児得たり

（万葉集・巻二）

と誇らしげに詠んでいます。そのため、鎌足の第二子不比等《ふひと》（六五九～七二〇、近江国十二郡に封《ほう》じられたことから淡海公《たんかいこう》と称された）は、天智天皇の皇胤なのではないかという考えもあります。

大化の改新は、大化元年（六四五）六月十二日、中大兄皇子（天智天皇）・中臣鎌子（鎌足）らが、儀式の場で蘇我入鹿を斬り、翌日、入鹿の父蝦夷《えみし》が自邸を焼いて自刃したことから始まりました。それに先だって、皇子と鎌子は多武峰《とうのみね》（奈良県桜井市南部）の山上で、蘇我氏討伐の謀議を凝らしたので、後にこの山を「談《かた》い山」「談所ヶ森」と呼んだといわれます。鎌足は、亡くなる前日、天智天皇から大織冠（後の正一位）と藤原の姓を賜り、その姓は不比等の子孫だけが継ぎました。これらの特別待遇を受けた中臣氏に関し、井口一幸氏は、多武峰の地を押さえることによって、水銀をはじめ巨額な鉱物製品を得、それが彼らの資産として政権維持の支えになったはずだと言われます（改訂増補版　古代山人の興亡・彩流社）。

たしかに、松田寿男氏の『丹生《にう》の研究』（早稲田大学出版部）によると、桜井市針道に多武峰水銀鉱山があります。水銀は、塗料や染料、薬用、黄金の処理など、古代人にとって必要欠くべからざるものでした。しかも、『万葉集』の、

ま金《かね》吹く（雑鉱から純金を抽出する）　丹生《にふ》の真赭《まそほ》（朱砂。水銀の原鉱石）の　色に
出《で》て　言はなくのみそ　我《あ》が恋ふらくは　（巻十四）

仏造る　真赭《まそほ》足らずは　水溜まる（「池田」の枕詞）　池田の朝臣《あそ》が　鼻の上《うへ》を掘れ
（池田の朝臣の赤鼻を朱砂に見立てて嘲り返した歌）（巻十六）

の二首などから分かるように、金鉱石を水銀に接触させてアマルガムをつくり、これを蒸留して純金を得る、アマルガム法による鍍金や黄金精錬が古くから行われており、また、東大寺盧舎那仏金銅坐像をつくるのに、大量の水銀が使用されたことも知られています（東大寺大仏記）。

藤原氏は、不比等の娘宮子《みやこ》が文武天皇の夫人となって聖武天皇を生み、宮子の妹光明子《こうみょうし》（光明皇后）が聖武天皇の皇后となって女帝孝謙天皇を生んだことで、皇室と二重の姻戚関係を結び、特権貴族としての地位を不動のものとしました。鉄ならぬ水銀を制する者として天下を制し、近世に至るまで、朝廷に圧倒的な勢力を保持したのでしょうか。

藤原の房前

――出生の秘密

高松琴平電鉄志度線「房前《ふさざき》」駅
旅行者には「藤原房前」駅かと驚かれる
(2015年11月8日撮影)

房前《ふささき》（六八一〜七三七）は、藤原不比等《ふひと》（六五九〜七二〇）の第二子で母は蘇我連子《むらじこ》（男性）の娘娼子（『尊卑分脈』による。娘の名は史料により異なる）。藤原四家の中でもっとも栄えた北家《ほっけ》の祖で、道長は直系の子孫です。『万葉集』に、大伴旅人から琴を贈られた時の歌がのこされています。

言《こと》とはぬ　木にもありとも　我が背子が　手馴《たな》れの御琴《みこと》　地《つち》に置かめやも　（巻五）

この房前の出生には秘密があります。それは『志度寺縁起』（一三一七年）に書き留められています。

不比等は妹を唐の高宗に嫁がせます。高宗から贈られた、釈迦の像が必ず正面にみえる「不向背珠《ふこうはいしゅ》」と名付けられた不思議な宝を本朝に送る途中、讃岐国、房前の浦で竜神に奪いとられます。不比等は悲歎のあまり、沈んだ玉の所に向かおうとし、房前の浦に至ります。その地で海人の娘と契り、一子を儲けます。三年がたち、海人の娘は、我が児を嫡子に立ててくださるならと、海中に飛び入り命を落としますが、玉は乳房の下の大きな疵の切れ目に押し籠めてありました。房前はこの白水郎《あま》の生んだ子なのです。

房前卿は十三歳のとき、行基菩薩（六六八〜七四九）とともに房前の浦を訪れます。（巻二）

この縁起をもとに謡曲「海人《あま》」がつくられました。荒唐無稽な作り話のようですが、似た伝承が天皇家にもあります。

それは、道成寺（和歌山県）で、「安珍・清姫」の話の間に語られる宮子姫の物語です。藤原宮子（〜七五四）は、文武帝（六八三〜七〇七）の夫人となり聖武帝（七〇一〜七五六）を産んだ、藤原氏の娘で初めて天皇の母となった女性です。父は不比等、母は「賀茂比売《かものひめ》」と伝えられます（尊卑分脈）。その宮子が、実は不比等の娘ではなく紀州の海人《あま》の娘であり、その美貌を認められて不比等の養女となり、ついに入内したというのです（道成寺宮子姫伝記・一八二二年）。梅原猛氏は『海人《あま》と天皇』で、道成寺は文武天皇勅願の寺であり、「加茂氏系図」に「賀茂比売」が存在せず、「ヒメ」は巫女の一般名称であることなどから、宮子海女説を考証され、古代権力者たちの壮大なロマンと陰謀を読み解かれました。

梅原氏は、正史では隠蔽された理由を、天皇の夫人が海人の娘ということは天皇家の権威にかかわることであると述べておられますが、海人《あま》族とは、自給的な漁撈活動をする人々を言うのではなく、海上交易や戦闘行為をも含めた海での活動を基盤とする氏族なのです。現に、美濃（岐阜県海津市《かいづし》）に円満寺山古墳という、当時の地理的条件から、海運や河川水運を掌握することで富を得ていたと考えられる豪族の古墳が存在します。また、大西貝塚（愛知県豊橋市）からは三百八十五万個のハマグリ・マガキの貝殻が発掘されています。海岸に作られた、集落を伴わない、ハマグリという特定種を交易目的で加工する作業場があったということです（岩瀬彰利氏・東海最大の大西貝塚の謎・『海人《かいじん》たちの世界』・中日出版社）。権威にかかわるとは言え、そもそも、海幸山幸の神話では、神武天皇の母はトヨタマヒメの妹、すなわち海人《あま》族の娘です。

天皇にとっても、不比等にとっても、圧倒的な海軍力を持つ海人《あま》族と手を結ぶことは、農業を基盤とする豪族を配下に置くこと以上に重要であったことを、これらの伝承は示しているように思われます。にもかかわらず、彼らを正史から抹殺したのは、むしろ異質な勢力への脅威と排除の心理によるものではないでしょうか。壬申の乱（六七二年）で大海人皇子（天武天皇）を全面的に支援した海人《あま》族尾張氏も、共に勝利を収めながら、『日本書紀』では無視されているのです。

女帝に直言した官僚

──伊勢神宮と大神神社

大神神社のご神体 **三輪山** 467 メートル
山の辺の道から（2003 年 12 月 18 日撮影）

一見近代的な名を持つ大田田根子は、古代における伝説的存在で、記紀にその名がみえ、『古事記』では意富多多泥古《おほたたねこ》と記されます。崇神天皇の世に疫病がはやり、大半の民が死亡するということがありました。なげく天皇の夢に大物主大神があらわれて、吾が児大田田根子に吾を祀らせたら、たちどころに天下太平になるだろうと告げます。そこで大田田根子を探し求め、和泉国（大阪府）茅渟県《ちぬのあがた》の陶邑《すえのむら》（古事記では河内の美努村《みののむら》）に見いだし、即座に大物主を祭る主《かむぬし》としました（日本書紀）。大田田根子は、大物主とヤマトトトビモモソヒメ（古事記ではイクタマヨリビメ）との間の子で、その子孫が、三輪山に大物主神を祀る三輪氏なのです。

三輪氏では、没後、従三位を贈られた高市麻呂《たけちまろ》（六五七～七〇六）がもっとも高い位についた人物で、壬申の乱では、吉野方（天武天皇）の将軍の指揮下に入り、箸墓付近で近江軍を破るなど活躍しました。

ところで、横暴な振る舞いをする高い地位の女性を「女帝」と呼んで揶揄《やゆ》しますが、本来は女性の皇帝のことです。天皇であり、なおかつ非常に強い権力を行使した女性が、持統天皇（六四五～七〇二、在位六九〇～七）です。横暴の最たるものは、凡庸な我が子草壁皇子

に皇位を継承させるために、甥の大津皇子を謀反の名目で処刑したことです。一方、

春過ぎて　夏来にけらし　白妙の　衣ほすてふ　天《あま》の香具山　（百人一首）

の作者であり、宮廷歌人柿本人麻呂らを育て、和歌の興隆に貢献した天皇でもあります。

夫天武天皇と一人息子草壁皇子の没後、律令制度の完成に力を尽くしていた持統天皇は、六九二年二月十一日、三月三日に当たり伊勢に行くと言い出します。二月十九日、中納言三輪高市麻呂《たけちまろ》は表《ふみ》を上《たてまつ》りて、伊勢行幸が農事の妨げとなると敢直言《ただにもう》します。ところが三月三日、留守官が任命されます。そこで高市麻呂は、その冠位《こうぶり》を脱いで朝《みかど》にささげてふたたび諫めて、農繁期であるから行幸されるべきではないと申し上げます。しかし三月六日、持統天皇は諫言に従わず伊勢に幸《いでま》したのです（日本書紀）。

高市麻呂は辞職し、七〇二年に長門の守に任命されるまで官歴はありません。長門（山口県）に赴任するときの和歌が『万葉集』に載ります。

三諸《みもろ》の　神の帯《お》ばせる　泊瀬河《はつせがは》　水脈《みを》し断《た》えずは　吾《あれ》忘れめや　（巻九）

また、『懐風藻』（七五一年序の漢詩集）にも、

病に臥して已に白髪　　病に臥しているうちに白髪になってしまった。
意《こころ》に謂《おも》ふ黄塵に入らむと　　俗塵にまみれようと思ったこともある。
期せずして恩詔を逐《お》ひ　　期せずしてお招きに預かり、
駕に従ふ上林《じやうりん》の春（以下略）　　天子の車につき従う宮中の庭苑の春の美しさ。

と、王政を謳歌すべき詩題「従駕応詔《じゅうがおうしょう》」にはあまり相応しくない一首ものこります。

では、大神《おおみわ》神社の大神主高市麻呂は純粋に「欲少なく……忠にして仁有り」（霊異記・上の二十五）だったのでしょうか。彼が諫言した本当の理由は隠されているように思われます。この頃天皇は、自身をアマテラスになぞらえ、「原伊勢神宮」を創建しようとしていたと考えられ、高市麻呂は、大神《おおみわ》神社の存在を危うくするような事態がおこり始めていることを感知し、職を賭してまで、伊勢行幸を阻止しようとしたのではないでしょうか。高市麻呂が憂慮したように、『続日本紀』七四七年四月二十二日条に「大神《おほみわの》伊可保」の名がみえますが、三輪氏はその後凋落してしまいます。

摂関家の三宝

――藤原氏の嫡流

小 鍛 冶

「小鍛冶弓師絵巻」

（思文閣古書資料目録 第 129 号・平成 4 年 4 月より転載）

天皇家に三種の神器があるように、摂政・関白に任ぜられる藤原北家《ほっけ》（近衛・九条・二条・一条・鷹司《たかつかさ》）には三種の宝があったといいます。

羽柴秀吉（〜一五九八）が関白職を望んだ時、近衛前久《さきひさ》（一五三六〜一六一二）の猶子《ゆうし》となり、藤原秀吉として関白になったのですが（近衛文書）、この時、九条稙通《たねみち》（一五〇七〜九四）が、「大織冠《たいしょつかん》の御影」「恵亮和尚《えりょうかしょう》筆の紺紙金泥《こんしきんでい》の法華経」「小狐の太刀」の三宝を所持しているから、九条家こそが藤原氏の嫡流であるとし、近衛家が勝手に藤姓を与えたことに対し、異をとなえたのです（戴恩記《たいおんき》・上）。

大織冠は藤原氏の祖鎌足のことですから、その肖像画が第一の宝であるというのは分かります。第二の宝が何故、数ある紺紙金泥の法華経の中で「恵亮筆」なのかと言うと、第五十五代文徳天皇（八二七〜五八）の第一皇子惟喬《これたか》親王と、藤原良房のむすめ明子《あきらけいこ》が産んだ第二皇子惟仁《これひと》親王とが、天皇の位をあらそった時、恵亮和尚が、独鈷《とっこ》（密教の修法に用いる仏具）で自分の頭を突き割って脳を砕き、芥子にまぜ、護摩《ごま》にたき、黒煙を立てて数珠を一もみもんで祈祷したことにより、惟仁が帝位（清和天皇）につくことができたからなのです（平家物語・巻第八・名虎《なとら》）。

第三の宝「小狐の太刀」にも曰く因縁があります。良房の孫にあたる時平《ときひら》（八七一～九〇九）は藤原氏繁栄の基礎を築いたすぐれた政治家でしたが、菅原道真（八四五～九〇三）を大宰権帥《だざいのごんのそち》に左遷したことが世の不評を買いました。死後、道真は雷神となって猛威をふるいますが、その雷神調伏の太刀として世に知られていたのがこの小狐の太刀なのです。しかも、この太刀は、須藤敬氏の研究（『保元物語』信西の太刀「小狐」をめぐって・軍記と語り物・第二十三号所収）により、師輔《もろすけ》（九〇八～六〇）のころから存在し、忠通《ただみち》から頼長一族へ、そして近衛家に伝わった後紛失し、応安三年（一三七〇）には九条家にあった実在の家宝であることがわかっています。

ちなみに、謡曲「小鍛冶《こかじ》」は、刀匠小鍛冶宗近《むねちか》が一条天皇（九八〇～一〇一一）から鍛刀の命をうけ、稲荷明神の狐が童子姿であらわれて相槌《あいづち》となり、「小狐丸」を打つという霊験能です。

ところで、安土桃山時代にこの三宝を所持していた九条稙通《たねみち》は、世間の人が鬼神のように恐れおののき、公家たちも媚びへつらっていた織田信長（一五三四～八二）が、足利義昭《よしあき》（一五三七～九七）を奉じて入洛した時、立ったまま向きあって、

「上総殿が入洛めでたし」

と云い、信長（上総殿）を立腹させた「勇猛なる御人」です（戴恩記・上）。母方の祖父三条西実隆（一四五五〜一五三七）の資質を受け、『源氏物語』の注釈書『孟津抄《もうしんしょう》』などを著わした学者・歌人ですが、経済的には困窮の極みで、二十八歳の時、拝賀の費用を捻出することが困難であるという内々の理由で、未拝賀のまま関白を辞しています（公卿補任《くぎょうぶにん》・天文三年）。その後は、摂津国（大阪府）や播磨国（兵庫県）を流浪しました。

今ははや　我が身もぎ木と　ならの葉の　のこらず枝を　見はてぬるかな

行空（稙通、多聞院日記・天正十九年五月六日）

これは、弟尋円の五七日《ごしちにち》の時の歌で、「もぎき（捥木）」は、枯れて枝のない木です。稙通は飯縄《いづな》の法という妖術に凝り、女人を近づけなかったため実子がなく、甥の子を養子にしたのです。

＊井上宗雄氏「玖山・九条稙通――『孟津抄』著者の生涯――」・『平安朝文学研究　作家と作品』所収・有精堂出版、加藤定彦・『誹諧絵文匣』注解抄・小鍛冶・勉誠出版参照。

翡翠のはなし

——松本清張の説

稲荷山古墳から出土した**翡翠の勾玉**
（所有：文化庁　写真提供：埼玉県立さきたま史跡の博物館）

沼名河《ぬながは》の　底なる玉　求めて　得し玉かも　拾《ひり》ひて　得し玉かも　可惜《あたら》しき　君が　老ゆらく惜しも

（万葉集・巻十三）

この沼名河は実在の河ではなく、天上の河であるとされます。ところが、昭和十四年、河野義礼《よしのり》氏が「岩石礦物礦床学」（22巻5号）という専門誌に、新潟県糸魚川市小滝川の支流で発見された青い石が、日本では採れないとされていた翡翠《ひすい》であることを発表されました（本邦に於ける翡翠の新産出及び其化学的性質）。考古学者がそれを知ったのは二年後で、万葉学者はいずれの論文にも注意を払いませんでしたが、昭和三十六年に、古代史に強い関心を示した松本清張が、「婦人公論」二月号に『万葉翡翠』という小説をのせました。

万葉考古学を志す助教授が、沼名河は小滝川――小滝川硬玉（翡翠）産地が昭和三十一年に国の天然記念物に指定――、玉は翡翠であるという説を揚げるのです――現地調査に赴いた学生が殺人事件に巻き込まれます――。

清張の小説にも述べられるように、越後国（新潟県）に式内社の奴奈川《ぬなかわ》神社があり、「高志《こしの》（越）国の沼河比売《ぬなかはひめ》を婚《よば》はむとして」（古事記・上巻）「沼川　奴乃加波」（倭名鈔・越後国・

頸城《くびき》郡）ともあります。万葉仮名の「奴《ぬ》」は「瓊《ぬ》」すなわち玉で、「ぬな河」は玉の河の意です。ただ、「東頸城郡のほうにも、現在、《奴奈川《ぬなかわ》》という村が残っているんだよ。」（万葉翡翠）とある奴奈川村は、明治二十二年に四村が合併した折に荘園名にちなんでつけられたものです（角川日本地名大辞典）。また、孝元天皇の孫の建沼河別命《たけぬなかわわけの》（古事記・中巻）も、越後国の地方神をそのまま皇子名としたとされます（岡田精司氏・記紀神話の成立・岩波講座日本歴史・１９７５年・古代２）。以上のことから、沼名河は越後国に実在した河だと考えられるのです。

　山口博氏は「松本清張により、沼名河の歌は蘇った。諸資料を勘案するなら、この歌が糸魚川周辺の御当地ソングだったことは確か」（万葉歌のなかの縄文発掘・平成十一年・小学館）であると言われますが、万葉学においては、清張説は、いまだに疑惑の眼で見られているようです。

　翡翠の原石は鳥取や岡山にもありますが、「美・珍・硬」という宝石の三要素をそなえた糸魚川のものだけが、北海道から沖縄本島までの遺跡や古墳に分布していることが化学分析の結果わかっています。

時期的には、縄文時代中期に翡翠の大珠《たいしゅ》が出、後期・晩期には勾玉《まがたま》となり、それが弥生・古墳時代に受け継がれ、奈良時代になるとプッツリ途絶えるのです。人間の死後も永遠に残る翡翠の玉には継承性があり、奈良時代の支配者が、特定のローカルな系譜が長期に続くことを危険視し、勾玉と一緒に系譜を根絶したという考え方もあります。平城京造営の際、かなりの数の古墳を破壊していることも、死者の霊を慰めよと命じている（続日本紀・和銅二年十月十一日）ものの、同様の意図が感じられます。

勾玉の形状に関しては、「三種の神器の剣を男根、鏡を母胎の象徴とすれば、……第三の神器勾玉は極めて自然に胎児を意味する」（吉野裕子《ひろこ》氏・祭りの原理・慶友社）という説もありますが、縄文人が、「孕める婦《をみな》の腹を刳《さ》きて、其の胎《このかたち》を観《みそなは》」（日本書紀）した武烈天皇と同じようなことをした可能性は低く、原産地から流れた転石を海岸で拾ったと考えられる翡翠は、海から流れてきたいわゆる客人《まれびと》で、タツノオトシゴの形なのではないか、あるいは、玦状耳飾り《けつじょう》が半分に折れた時に、半折品の一端に孔を開けるとその形は勾玉そのものの形となる、動物の牙の根元に孔をあけた形であるなどという指摘もあります。（小林達雄氏編・古代翡翠文化の謎を探る・学生社、寺村光晴氏・翡翠・養神書院参照）

弓削道鏡と神道

――仏教色の排除

復元された**下野薬師寺回廊**
道鏡は、称徳天皇死後、下野国薬師寺別当に左遷され、同所で没した。
（下野市観光協会 HP より転載）

中世の説話集『古事談』は、

称徳天皇、道鏡ノ陰ヲ猶不足ニ思シ召サレテ、暑預（やまのいも）ヲ以テ陰形ヲ作ラシメ、コレヲ用ヒ給フ間、折レ籠モルト云々。仍《より》テ腫レ塞ガリ大事ニ及ブ時、小手尼（百済国ノ医師。ソノ手嬰児ノ手ノ如シ）見奉リテ云ハク、「帝ノ病癒ユベシ。手ニ油ヲ塗リ、コレヲ取ラント欲ス」爰ニ右中弁百川「霊狐也」ト云テ、剱ヲ抜キ、尼ノ肩ヲ切ルト云々。仍テ療ユルコト無ク帝崩ズ。

という話から始まります。

孝謙天皇（七一八〜七〇、＝阿倍内親王＝のちの称徳天皇）は、聖武天皇と、臣下からの最初の皇后藤原光明子との間に生まれた皇女です。文武天皇を父、藤原鎌足の娘宮子を母とする聖武天皇は、藤原氏の血を受け継ぐ皇子の誕生を待ち望み、直系の子孫の即位を一切脅かすことがないように、阿倍内親王に、結婚しない、子孫を作らないという選択を強いたのです。

しかし結局、光明皇后も、彼女の姪たちも、聖武天皇の男子を生むことができず、方針を転換せざるをえなくなりました。阿倍内親王の異母姉妹が生む皇子に皇位を継がせることにするのです。そこで異例のことですが、阿倍内親王を皇太子に立て、男の孫ができるまでの中継ぎとして天皇に即位させます（孝謙天皇、在位七四九～七五八年）。その後孝謙天皇は淳仁天皇に譲位しますが、七六一年、四十四歳で重病に倒れます。その時の看病僧が道鏡なのです（遠山美都男《みつお》氏・天平の三姉妹・中公新書2038参照）。道鏡を寵愛したことに起因し、淳仁天皇・藤原仲麻呂（恵美押勝）と不和になり、孝謙上皇は淳仁天皇を廃して淡路に流し、みずから重祚《ちょうそ》します（称徳天皇）。

道鏡（～七七二年）は、河内国若江郡（大阪府八尾市）弓削《ゆげ》郷の豪族弓削氏出身の僧侶で、はじめ葛城山（大阪府と奈良県との境にある修験道の霊場）に籠り、のち、東大寺建立に尽力し初代別当となった良弁の弟子となります。七六二年、近江国石山保良宮《ほらのみや》に滞在中の孝謙上皇の病気を宿曜《すくよう》秘法（占星術の一種）を用いて治療し、上皇の寵を得ます。七六四年に大臣禅師、七六五年に太政大臣禅師、七六六年には法王となり、天皇に準ずる待遇を受けます。七六九年、宇佐八幡の神託と称して、道鏡を皇位につける計画がありましたが、称徳天皇が没したこともあり、皇位継承の野望は潰えました。

臣下の最高位の官を得た時、道鏡は、仏教重視、公卿抑圧の政治を始めます。諸国が宮中へ魚や肉を貢ぐことを禁じ、諸国国分寺の造営を促進し、寺院の墾田は認めたが、権門勢家の墾田は厳禁する等々。また、天皇重祚の大嘗会《だいじょうえ》にあたって、

この度は常とことなり、朕は仏弟子として菩薩戒を受けた身であるから、まず三宝につかえ、つぎに天つ社、国つ社の神々をうやまう。……経を見ると、仏の御法を護るものは神々であるから、僧侶と在俗者がともに神事に参列しても支障はない。もと忌《い》んだようには忌まないで、この大嘗祭を執り行った。（続日本紀・巻二十六・七六四年十一月・口訳）

とあるのは、神仏習合の端緒を開いた事例として知られるものです。この大嘗祭の折、太政大臣禅師道鏡は、僧形法体のまま、外部から厳重に遮断された、当然旧例を尊重すべき、深夜の神事に列席したと考えられます。これらの道鏡政治に対し、違和感・危機感を覚えた公卿や神祇伯《じんぎはく》（神祇官の長官）は、道鏡失脚後、徹底して仏教色を排除します。そして、従来の神祇信仰が独自の地位を主張し始めるのです。つまり、道鏡の登場により、宗教としての神道が自覚され、姿をととのえることになったのです（高取正男氏・神道の成立・平凡社選書64参照）。

家持と鷗外

――歌を詠む軍人

持国天像（四天王像の一）
東大寺戒壇堂（755 年建立）
笠女郎は、大寺の四天王像の足許に踏みつけられている邪鬼を餓鬼と誤ったのでしょう。ただし、大安寺の四天王像は岩座の上に立ちます。そのことを鷗外は認識していたでしょうか。
（日本の美術・No.240・至文堂より転載）

『万葉集』のもっとも有力な編纂者に擬せられ、三十六歌仙の一人としても知られる、歌人大伴家持《やかもち》（七一八?〜八五）は、延暦元年（七八二）に陸奥按察使鎮守将軍《むつあぜちちんじゅしょうぐん》、同三年に持《じ》節征東将軍《せっせいとうしょうぐん》に任ぜられています。東北の蝦夷《えぞ》征討に大功があったとされる征夷大将軍坂上田村麻呂の前々任者にあたります。大伴氏は、実は軍事に力があったと考えられている中央の有力氏族で、五世紀末から六世紀前半にかけてもっとも栄えましたが、新興の藤原氏と対抗して、勢力が衰えてしまったのです。高齢（六十七歳ぐらい）になって任ぜられた持節征東将軍としての家持の事績は、東北防衛について、面積が広い陸奥国《みちのおくのくに》では、危急時に人民・兵士を徴集するために設けた仮の郡《こおり》多賀・階上《しなかみ》を正規の郡とし、官員を常置することを天皇に建言し、許可されたことが記録されています（続日本紀・延暦四年四月七日）。

ちなみに、『万葉集』を特徴付けている防人歌（巻二十の場合）は、七五五年、難波（大阪市）まで部領使《ことりづかい》となって防人を引率した国司たちが、国ごとに出詠歌をまとめ、防人たちを迎える任務につくべく難波に出向した、兵部少輔《ひょうぶのしょう》大伴家持に進上したものです。進上された百六十六首から拙劣な歌八十二首をのぞいて、自らの歌日記に記載したものを、無名の作者名とともに『万葉集』に収録したのです。

ところで、『万葉集』に親しんだ森鷗外は、笠女郎《かさのいらつめ》（万葉集に残された歌二十九首すべてが家持に贈る恋歌）の、

相思《あひ》はぬ　人を思ふは　大寺《おほてら》の　餓鬼の後方《しりへ》に　額《ぬか》つくごとし　（万葉集・巻四）

をふまえて（図版解説参照）、

大安寺　今めく堂を　見に来《こ》しは　餓鬼のしりへに　ぬかづく恋か

（奈良五十首、大安寺本堂は大正八年四月竣工）

と、大正八年十一月十一日に詠んでいます。一方、家持は、第二次世界大戦中、玉砕を伝えるラジオニュースの前奏曲として流された、信時潔《のぶときききよし》作曲の、

海行かば　水漬《みづ》く屍《かばね》　山行かば　草生《む》す屍　大皇《おほきみ》の　辺《へ》にこそ死なめ　かへり見はせじ　（万葉集・巻十八）

の作詞者です。これは、東大寺大仏造立のさなか、陸奥国から金が産出したことを祝福するために作った長歌の一部に、大伴氏が昔から近衛兵としての役割を果たしてきたことを詠み込んだものです。これをふまえて鷗外は、

市《いち》こぞりて　水漬屍《みづくかばね》と　なりにきと　薩哈連烏拉《さがれんうら》の　なみのとむせぶ

（うた日記、薩哈連烏拉はアムール川＝黒龍江）

と、明治三十七年三月二十七日に、広島で詠んでいます。この歌の「水漬屍」は、名誉の戦死を遂げた日本国軍人ではなく、戦争犠牲者の溺死体を指します。「うた日記」の中の「大皇《おほきみ》の任《まけ》のまにまに（天皇の命じられるままに）」や「ますら健男《たけを》（勇気のある強い男）」なども家持の長歌（巻十七、巻二十）から引いたものと思われます。鷗外は、家持の歌から借用した語句だけに注目すれば感じとれる、天皇に対する忠誠心とは無関係に、軍人である歌人家持に一体感を覚え、彼の数々の歌を引き歌としたのではないでしょうか。医師であり同時に考証家として当代無比と言われた渋江抽斎に親近感を懐いて伝記を書いたように。

「うた日記」は、第二軍軍医部長として出征した時の日露戦争従軍詩歌集で、佐佐木信綱から餞別として贈られた『万葉集』を机上に置いて作歌したものなのです。なお、『万葉集』は、鷗外のみならず、当時の文壇人に不思議なほど重んじられていたようです（正宗白鳥・島崎藤村論）。

＊平山城児氏『鷗外「奈良五十首」を読む』（中公文庫）、同氏「万葉集と鷗外の『うた日記』」（立教大学日本文学・第十一号）参照。

楊貴妃伝説

——美女と化した日本武尊

楊貴妃観音像

重要文化財　京都市東山区　泉涌寺《せんにゅうじ》蔵

湛海律師が建長７年（1255）、羅漢像などとともに将来したもの。あまりの美しさから、玄宗皇帝が亡き楊貴妃の冥福を祈って造顕された像との伝承を生んだ。

（泉涌寺提供）

傾国の美女楊貴妃（七一九～七五六）には、様々の伝説があります。玄宗《げんそう》皇帝（六八五～七六二）に貴妃の死を迫った陳玄礼《ちんげんれい》という武将が、殺害させたと見せかけて密かに舟で脱出させ、貴妃は日本の本州最西北端、山口県長門市油谷《ゆや》町向津具《むかつく》に漂着したという話は、海流の関係から、あり得そうな話です。向津具の二尊院に県の文化財に指定されている五輪塔があり、楊貴妃の墓と伝えます。ちなみに「二尊」とは、現世から来世へ送り出す「発遣《ほっけん》の釈迦」と極楽浄土へ迎え入れる「来迎の阿弥陀仏」を指します。

鎌倉時代末期に光宗《こうしゅう》が著した仏書『渓嵐拾葉集《けいらんしゅうようしゅう》』（記録部）には、玄宗皇帝と楊貴妃がゆきついた蓬莱宮は、我が国の熱田明神のことで、社壇のうしろに五輪の塔がある。これは貴妃の墳墓であると「熱田ノ神儀」に見えると記されています。国宝の「蓬莱山蒔絵袈裟箱《ほうらいさんまきえけさばこ》」（法隆寺献納宝物・十二世紀・重文・東京国立博物館蔵）にも描かれていますが、大海の中の金亀の上に宝山、さらにその上に宝塔がある蓬莱島に熱田の相貌が似ているためだというのです。室町時代に成立した『熱田講式』にも「蓬莱ノ地ヲ卜《ぼく》シテ熱田太神ト現ズ」とあります。

室町時代になると、楊貴妃と熱田明神の話はいよいよ荒唐無稽になります。永享四年（一四三二）九月、時の将軍足利義教が旅の途中熱田神宮に参詣し、次のような話を聞かされます。

熱田神宮にまつられたヤマトタケルが、玄宗皇帝が日本を攻め取ろうとするのを未然に知り、「色」で玄宗の心を奪おうと、美女と化して、唐の国の楊氏の娘に生まれます。……貴妃の死から三年後、死んだ人の魂を呼びかえすことが出来るという蜀《しょく》の国の人が玄宗から手紙を託され、熱田神宮に至り、貴妃と面会します。貴妃は、黄金の簪《かんざし》と青貝をちりばめた香箱とをそれぞれ二つに裂き、持って帰るように頼みます。ところが蜀の人はそれだけでは満足せず、他人が知らない皇帝との睦言《むつごと》を聞かせてほしいという。貴妃は恥ずかしそうに、「願わくは、世々《せぜ》夫婦となり、比翼連理《ひよくれんり》の契りをなさんとおっしゃって、手に手を取り、口に口をよせ、互いに泣きむせんだことは、帝だけがご存知です」という。帰ってこのことを皇帝に申し上げたところ病を得て、その年の夏崩御された。ですから、ヤマトタケルノミコトが楊貴妃に化け、玄宗の心をやわらげ、剱を用いず恋をもって玄宗をみずから崩壊させ、唐もわが国もみな安穏であるのは、ヤマトタケルノミコトの謀《はかりごと》がすぐれていて、御神威が強かったということです。…そして「このことは説きあかすべきことではありません。深く信じればいいのです」と。

この話は、永享年中に熱田大宮司の職掌にあった藤原持季（太宮司家系譜・張州雑志・巻第三十四）が、白楽天の「長恨歌」と、女装して熊襲を征伐したヤマトタケルと、蓬萊島、貴妃のものと伝える墓の存在などをからめて作り上げたのではないでしょうか。江戸時代には広く流布し、川柳に、

日本に　かまいなさるなと　貴妃はいひ（柳多留・二十篇）

などと詠まれています。義教はこの有り難い話に感嘆し、

かしこくも　情け熱田の　神なれば　もろこし船も　恋にこがるる（時しらぬふみ）

と詠んでいます。この将軍は、恐怖政治を行いながら同時に和歌を好み、最後の勅撰和歌集『新続古今集』をつくるよう天皇に奏上した将軍なのです。

＊楊貴妃伝説の部分を後補とする説もある。渡瀬淳子氏『室町の知的基盤と言説形成――仮名本「曽我物語」とその周辺』（勉誠出版・2016年6月）第三部第二、山本啓介氏「足利将軍と随従型紀行文について」（日本文学研究ジャーナル・2017年3月）参照。

清和井

——二つの大原

清和井（京都市西京区大原野神社）
（2012 年 10 月 27 日撮影）

平城京から平安京（七九四年〜）に移る前の十年間ほど、都は、京都盆地の南西端長岡京（向日市《むこうし》、もと乙訓郡《おとくにぐん》）にありました。桓武天皇が都を長岡京に遷《うつ》したとき、天皇がしばしば鷹狩りをした大原野《おおはらの》（西京区《にしきょうく》、もと乙訓郡）に、藤原氏が氏神春日大社の分霊を遷し祀《まつ》ったのが大原野神社で、平安京へ遷都ののち、藤原氏が社殿を造営し、氏神として厚く崇敬したのです。その後、

さびしさに　宿を立ち出でて　ながむれば　いづくも同じ　秋の夕暮　（百人一首）

で知られる良暹《りょうぜん》法師（九九八？〜一〇六四？）が、京都市の北東部にある大原（左京区、もと愛宕《おたぎ》郡）に隠棲して、

大原や　まだ炭竈《すみがま》も　習はねば　わが宿のみぞ　煙絶えたる　（詞花集・雑下）

と詠み、愛宕郡の大原が隠遁者の住むべき所として認識されるまでは、「大原」と言えば、大原野のことだったのです。さらに、『平家物語』大原御幸が、大原寂光院に隠棲した建礼門院徳子を後白河院（一一二七〜九二）が訪ねる様子を記すに至り、大原野はほとんど忘れ

去られてしまいました。

ちなみに、女院は寂光院で崩《ほう》じ、その遺骸は背後の山に葬られた（語り物系平家物語）と信じられていますが、実は、大原のあまりの不便さに、京都市街にほど近い法性寺（延慶《えんきょう》本平家物語）もしくは善勝寺（領有・管理していたのは女院の同母妹の夫四条隆房）に遷り、最期を遂げているのです（角田文衛《つのだぶんえい》氏・平家後抄・下・朝日選書180）。

ところで、大原野神社境内に、山城国の歌枕「清和井《せがい》」という名水が現存します。「せがい」は、水をせきとめてくむようにためた井で、語源は未詳、「清和井」は当て字です。井戸脇の看板には「瀬和井《せがい》　清和天皇産湯の清水とも伝えられ」とあります。清和天皇（八五〇〜八八〇）は、藤原良房の一条第《いちじょうてい》で生まれています。氏神の井戸から産湯をわざわざ運ばせた可能性がなくはありませんが、恐らく、天皇の死後「清和」の諡号《しごう》が贈られたのちに作られた話だと思われます。この井戸は、

大原や　清和井の水を　手に汲みて　鶏は鳴くとも　遊びてゆかん（古今六帖・第二）

と詠まれ、

むかし、二条の后（藤原高子《たかいこ》）の、まだ春宮の御息所と申ける時、氏神にまうで給けるに、近衛府《このゑづかさ》にさぶらひける翁、人々の禄たまはるついでに、御車よりたまはりて、よみて奉りける。

大原や　小塩《をしほ》の山も　けふこそは　神世のことも　思出づらめ

とて、心にもかなしとや思ひけん、いかが思ひけん、知らずかし。（伊勢物語・七十六）

もよく知られます。平安遷都後、藤原氏出身の后は大原野神社に参詣することが定められていたのです。「翁」は、五十一、二歳の在原業平をさします。

この『伊勢物語』の「大原」は、「氏神」とあり、麓に大原野神社がある「小塩の山」が詠まれていることから、乙訓郡の大原野なのですが、愛宕郡の大原と誤解され、有名な大原にこそ歌枕「清和井」がなくてはおかしいということになったのでしょう、大原三千院の石段下に「清和井の清水」がつくられています。

殺害された舞人

——雅楽の継承者

尾張浜主の歌碑
「翁とてわひやはをらむ
草も木も栄ゆる時に いて＞舞ひてむ」
高座結御子神社境内　昭和 18 年建立
(2013 年 12 月 23 日撮影)

『日本書紀』『続日本紀《しょくにほんぎ》』『日本後紀《こうき》』『続日本後紀』『文徳天皇実録《もんとく》』『三代実録』を『六国史《りっこくし》』と総称します。『続日本後紀』(二十巻)は、仁明《にんみょう》天皇一代十七年二ヶ月間(八三三〜八五〇)の勅撰史書で、この時代の根本史料です。

その『続日本後紀』に、承和《じょうわ》十二年(八四五)正月八日、尾張連浜主《おわりのむらじはまぬし》が大極殿の龍尾道《りゅうびどう》の上で自作の「和風長寿楽」を舞い、観る者は千人を数えた。浜主は、背中にフグの背の斑点のようなしみができるほどの老人で、立ち居も不自由であったが、装束を着け曲が始まると少年のように舞った。以前からの伶人《れいじん》(楽人《がくじん》)で時に百十三歳。この舞を自作し、舞いたい旨を訴えたその上表文に載せられていた歌が、

那々都義乃《ななつぎの》　美与尓万和倍留《みよにまわへる》　毛々知万利《ももちまり》　止遠乃於支奈能《とをのおきなの》　万飛多天万川流《まひたてまつる》

(七代の御代にお仕えする百十余の翁が舞を奉ります)

同月十日、天皇が清涼殿の前に召して「長寿楽」を舞わしめ、舞いおわった浜主は次の和歌を奏し、天皇は賞歎して涙を流し、御衣《おんぞ》一襲《かさね》をお与えになったと記しています。

於岐那度天《おきなとて》　和飛夜波遠良无《わびやはをらむ》　久左母支毛《くさもきも》　散可由留登岐尓《さかゆるときに》　伊天弖万毗天牟《いでてまひてむ》　（巻十五）

（年寄だからと言って沈み込んでなどおりましょうか。草も木も栄える時には出てきて舞いましょう）

この歌碑が、熱田神宮の祭祀にかかわった尾張氏を被葬者とすると考えられる、巨大な断夫山《だんぷさん》古墳のすぐ近くにある、高座結御子神社《たかくらむすびみこじんじゃ》（名古屋市熱田区）の境内にあります。熱田が不老不死の地であるとされる蓬莱伝説は、中世から拡まり出すのですが、不老長寿を身をもって体現した浜主の頃から萌芽があったようです。

雅楽に関する諸説を古書から引用した『楽家録《がっかろく》』（一六九〇年）では、承和二年に尾張浜主が渡唐して舞笛を将来し、同六年に帰朝してから、多自然麿《おおのじぜんまろ》（〜八八六）がこれを受け継いだとします。浜主は舞と笛の始祖なのです。後代、多《おお》氏は近衛の楽人の中心的な地位を占めることになります。

さて、浜主の継承者である自然麿の九世の孫に、資忠《すけただ》・節方《ときかた》がいます。この父子が、康和二年（一一〇〇）六月十五日、山村吉貞・政連父子に殺害され、政連が出雲に配流されるという事件がおこりました（殿暦《でんりやく》、今鏡・七ほか）。多資忠と山村政連とは共に、多正資《まさすけ》の弟子で、資忠は伯父正資の養子、政連は正資の外孫です（鳳笙師伝相承）。ありがちな跡目争いが原因だと思われます。まさに「舞道家元《いえもと》殺人事件」がおこったわけですが、堀河天皇（在位一〇八六～一一〇七）をはじめとして貴族たちは、被害者に対して哀悼の意を表することはなく、事件のいきさつについての関心もなく、ひたすら神楽の秘曲「胡飲酒《こんじゆ》」と「採桑老《さいそうろう》」の伝承が途絶えてしまうことを歎いています。

「胡飲酒《こんじゆ》」は、現在の面の形相や舞人の確かな手足の動きなどからは考えにくいのですが、胡国（中国北方のえびすの国）の王が酒を飲み、酔って舞った姿を舞にしたものと伝えられています。この曲は、源雅実（内大臣）・雅定親子が伝承していたので、資忠の子忠方（兄）に伝え返されました。「採桑老」は、天王寺の秦公貞《きんさだ》より資忠の子近方《ちかかた》（弟）に伝えられました。齢を重ねて死を目前にした老翁が、長寿の妙薬といわれる桑葉を求めて山野をさまよい歩く姿を、舞にかたどったものと伝えられます。

しかし、十五歳の忠方（教訓抄・四）に酔漢の舞は難儀であったのか、堀河天皇が御覧になったけれども「叡慮《えいりよ》に叶わ」なかったそうです（古事談・六）。

七小町

――容色の衰えた美女

能「関寺小町」の舞台
『伊勢参宮名所図会』巻之一
（国立国会図書館デジタルコレクション蔵）

西鶴（一六四二～九三）は『世間胸算用《むねざんよう》』に、京都の人はケチだと言われるけれども、なんぞという時には気前がいい。加賀藩お抱えの金春太夫《こんぱるたゆう》が、めったにやらない「関寺小町」を演ずるという時には、大枚を前払いして、これこそ一番の見物《みもの》だと喜んでいた。けれども、鼓の役者に家元の免許がなくて番組が変わってしまった。それでも木戸口には夜明け前から見物人が山のように押しかけた、と書いています（巻三・都の皃《かお》見せ芝居）。

この、めったに上演されない「関寺小町」という能は、秘曲とされる三老女（関寺小町・桧垣・姨捨）の中でも、老いさびの極致が演じられなければならない最高位の曲とされます。話の内容は次のようなものです。

近江国（滋賀県）関寺の住僧が、七夕の日に稚児を伴って、庵に住む老女のもとへ歌物語を聴きに行きます。老女は問われるままにいろいろ話をするうちに、自分が小野小町であることをふと洩らしてしまい、若かりし頃の華やかだった様子と、老いを重ね落ちぶれている様子を語ります。やがて僧に誘われて関寺に参り、稚児たちの舞を見、自分も興に乗じて昔手慣れた舞を舞います。そうするうちに、関寺の鐘の音が明け方を告げ、小町は杖をつき庵に帰って行くのです。

ところで、片桐洋一氏によると、小町在世中に小町を絶世の美女だと評した文献はまったく見あたらないそうです(小野小町追跡・笠間書院)。小町の歌としてよく知られる、

花の色は　移りにけりな　いたづらに　わが身世にふる　ながめせし間に

(百人一首)

わびぬれば　身をうき草の　根をたえて　さそふ水あらば　いなむとぞ思ふ

(古今集・雑下)

の二首から、容色の衰えた元美女《もと》が、今や、誘って下さる方がいらっしゃるならどこへでも、というストーリーが作られたのです。

小野小町は九世紀の中頃に活躍した歌人ですが、没後間もなく、美人説話・色好み説話・驕慢《きょうまん》(男嫌い)説話・歌徳(歌の功徳によって神仏からご利益を受ける)説話・衰老説話が出来上がり、そして「関寺小町」「鸚鵡《おうむ》小町」「卒都婆《そとば》小町」「通《かよい》小町」「草子洗《そうしあらい》小町」「雨乞小町

（高安小町）」「清水小町」の七つの能（七小町《ななこまち》）ができました。

さまざまな説話の中でも、小町が歳をとって衰え、はなはだ醜くなったという話がことに広まったのです。けれどもそれは、平安時代後期に作られた『玉造小町子壮衰書《たまつくりこまちしそうすいしょ》』という漢詩文の女主人公「玉造小町」と混同されたことによるのです。『徒然草』にも、

「小野小町がこと、極めて定かならず。衰へたるさまは玉作といふ文に見えたり。此文、清行《きよゆき》書けりといふ説あれど、高野の大師（空海）の御作の目録に入れり。大師は承和の初めに隠れ給へり。小町が盛りなること、その後のことにや。猶おぼつかなし。」

（百七十三段）


とあり、何に付け、小町のことははっきりしないのです。

たしかに日本人は、未熟で生めかしい「艶《つや》」よりも、古びた「寂《さび》」に引かれ、お寺の庭の苔をめで、老成した芸をこのみ、神さびる風情に心をひかれてきたのですが、小町こそ、老後を勝手に創作されていい迷惑です。

小野道風

――生誕の地

小野社

愛知県春日井市松河戸町

（2016年9月18日撮影）

『枕草子』に、藤原行成（九七二〜一〇二七）から贈られた立て文を中宮定子にお見せしたところ、さりげなく取り上げられてしまったこと（頭弁《とうのべん》の御もとよりとて、の段）、おなじく清少納言が行成からもらった手紙を、隆円（定子の弟）が深々と額までついて、お持ちになってしまったこと（頭弁の職《しき》にまゐりたまひて、の段）が書き留められています。その行成と藤原佐理（九四四〜九九八）とともに三蹟と呼ばれる小野道風《とうふう》（八九四〜九六六）にも多くの説話がのこります。もっとも有名なものは、泉水のほとりの柳に何度も飛び付き、ついに枝に移る蟇《かえる》の姿を見て発奮努力し、書の道で名高い人となったという話ですが、これは、『梅園叢書』（一七五〇年頃から書き始めたか）と浄瑠璃「小野道風青柳硯《あおやぎすずり》」（一七五四年初演）、そして明治以降の花札の絵に見られるもので、随分後の作り話です。次に知られるのは、『徒然草』に載る、道風筆『和漢朗詠集』を持っている人が、「藤原公任《きんとう》（九六六〜一〇四一）が撰んだものを道風が書くというのは時代が合わない」と言われ、「だからこそ、世に有りがたいものなのです」といよいよ秘蔵した話（八十八段）です。

若年より能書の聞こえが高かったのは事実で、ことに醍醐天皇（在位八九七〜九三〇年）は彼の書を愛し、延喜二十年（九二〇）五月五日、「能書之撰」で昇殿を聴《ゆる》し（蔵人補任）、興福寺僧寛建が入唐《につとう》する時、道風に書かせた書道の手本『行法帖』『草法帖』を持って赴かせています。彼の書は野蹟《やせき》と呼ばれ、『源氏物語』（絵合）では、「今めかしう、をかしげに、目も輝くまでみゆ」（現代風で、味わい深いおもしろみがあり、まばゆいほどに見える）と評されています。

また、醍醐天皇の皇子保明《やすあきら》親王の子を生み、藤原実頼《さねより》（左大臣）・師輔《もろすけ》（右大臣）・朝忠《あさただ》（中納言）らとの贈答歌が伝えられる、恋多き女流歌人大輔《たいふ》から贈られた歌ものこります。

道風しのびてまうで来けるに、親聞きつけて制しければ、つかはしける

いとかくて　止みぬるよりは　いなづまの　光の間にも　君を見てしが

（後撰集・恋）

小野氏では、『百人一首』の、

わたの原　八十島《やそしま》かけて　漕ぎ出《い》でぬと　人には告げよ　海人《あま》の釣舟

の作者篁《たかむら》（八〇二～五二）が、詩人としても歌人としても有名です。この歌は、遣隋使妹子《いもこ》

（男性）の後裔《こうえい》でありながら、「西道謡《さいどうよう》」（散佚《さんいつ》）という詩を作り、遣唐使のことを諷刺したため、嵯峨天皇の怒りにふれ、隠岐の島（島根県）に流された時に詠んだものです。

その篁の孫（異説あり）が道風なのです。道風は正四位下権内蔵頭《ごんのくらのかみ》で終わったため、政治的閲歴というものがなく、伝記に関する資料はきわめて乏しいのですが、「道風者、尾張国上条（愛知県春日井市上条町）ニシテ生レ給ヘリ」（麒麟抄増補・南北朝時代）、「春日井郡松河戸村の村民伝云、松河の里は道風の生れし地なりと云云」（塩尻・十五、江戸時代中期）という伝承があり、尾張には、同族の春日氏・和爾氏・小野氏の人々の居住にちなむと推定される地名が多く、春日部郡松河戸村（春日井市松河戸町）に、道風を祭神とする小野社が往昔より存する（安藤直太朗氏・郷土文化論集・私家版）ことなどから、春日井市が生誕の地として名乗りを上げています。しかしながら、尾張と小野氏との関わりは、

従五位下小野朝臣千株《ちかぶ》（篁の弟）ヲ尾張介ニ為《な》ス

（続日本後紀・承和元年《八三四》正月十二日）

の記事だけが確実な史料なのです。

平将門の和歌

――平貞盛の妻に贈る

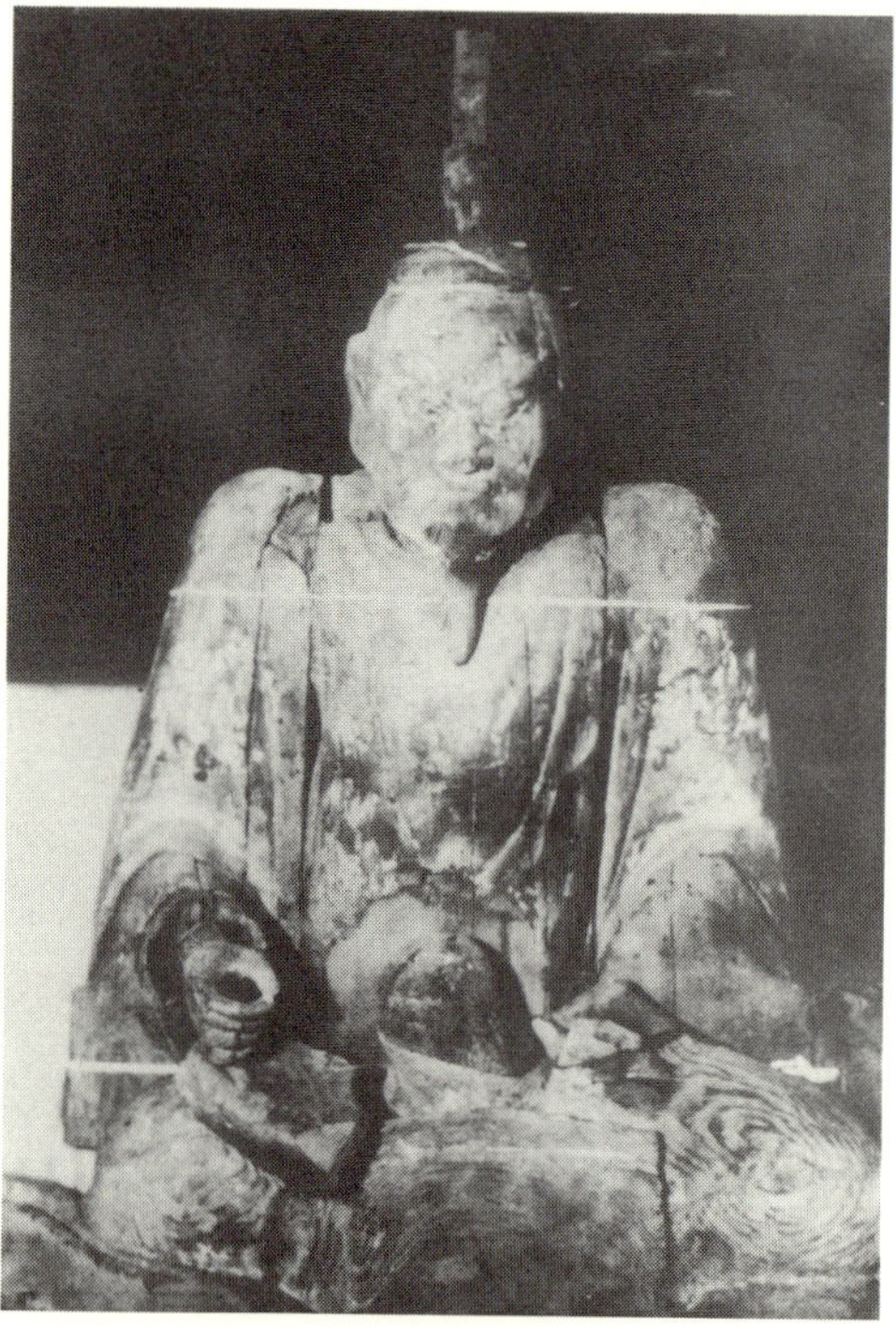

将門木像
『関東中心 平将門伝説の旅（茨城）』
（稲葉嶽男氏・私家版より転載）

平安時代中期に活躍した平将門（～九四〇）は、腐敗した朝廷に叛逆して関八州《かんはっしゅう》を支配し、みずから「新皇《しんこう》」と称しました。そのため、明治二年の遷都以後、国家への反逆者と見なされ、神田明神の祭神からも降ろされていました。その逆賊が、一九七六年、加藤剛主演のNHK大河ドラマ「風と雲と虹と」が放映されたことにより復権するという、おもしろい現象がおこったのです。

「将門木像」は、茨城県坂東市岩井の国王神社のご神体で、県指定文化財です。昭和六年秋、紐で縛って復元したときの写真です。

「制作年代は不詳であるが、１７３８年（元文３）に編まれた神社縁起書によると、将門戦死の際、母と共に奥州に逃れた三女が成人後出家して如蔵尼《にょぞうに》となる。あるとき岩井に来て父の像を刻み、小祠に祀ったという。これが国王神社のはじまりという説である。衣冠束帯姿の坐像であり、像高76センチ」（いばらきの文化財一覧）というものです。八十余騎を従えた下総介《すけ》平良兼の夜討ちに対し、十人足らずで迎え撃った時、「将門眼《まなこ》を張り歯を嚼《か》むで」（将門記）撃ち合った姿を彷彿《ほうふつ》させる像です。

将門が敗死した承平・天慶の乱の直後に書かれた『将門記《しょうもんき》』によると、信濃国（長野県）

千曲川で平貞盛との合戦に勝ち、常陸（茨城県）、下総（千葉県）、下毛野《しもつけぬ》（群馬県）、武蔵（東京都・埼玉県・神奈川県）、上毛野《かみつけぬ》（栃木県）の五箇国を制圧した将門は新皇となり、「下総国の亭南」（茨城県坂東市岩井付近か）に王城を建てます。

新皇は、生き遺《のこ》った敵の探索を続けて、平貞盛の妻らを捕え、すぐに、女人が辱《はずかし》めをうけるような事態にならないよう勅命を下します。が、それ以前に兵卒たちに陵辱《りょうじょく》されてしまっていました。中でも貞盛の妻は、衣服を剥ぎ取られ裸形をあらわにして、どうしようもないありさまでした。傍にいた武将たちが、貞盛の妻は容顔に気品があり、過ちを犯したのは妻ではないので、早く本貫《ほんかん》に返しましょうと進言します。そこで新皇は、一揃いの衣服を与え、「彼の女《め》の本心を試みむが為に」一首の和歌を詠みます。

よそにても　風の便りに　吾ぞ問ふ　枝離れたる　花の宿りを

貞盛の妻は、

よそにても　花の匂ひの　散り来れば　我が身わびしと　思ほえぬかな

と返しています。二首ともいかようにも解釈できそうな歌で、「枝離れたる花」は、捕らわれた貞盛の妻をさすとも、貞盛自身とも考えられ、「宿り」を本貫（出身地）と取り、貞盛の所在を尋ねたとも考えられます。「花の匂ひ」も、新皇の温情とも、夫貞盛からの風の便りとも考えられます。「本心を試みむが為に」が何を意味するのかわかりませんが、単に風雅なだけの贈答歌ではなく、貞盛を探索するねらいがあると思われます。それでも二人はお互いに和歌の贈答をすることで、心を和らげたと言います。

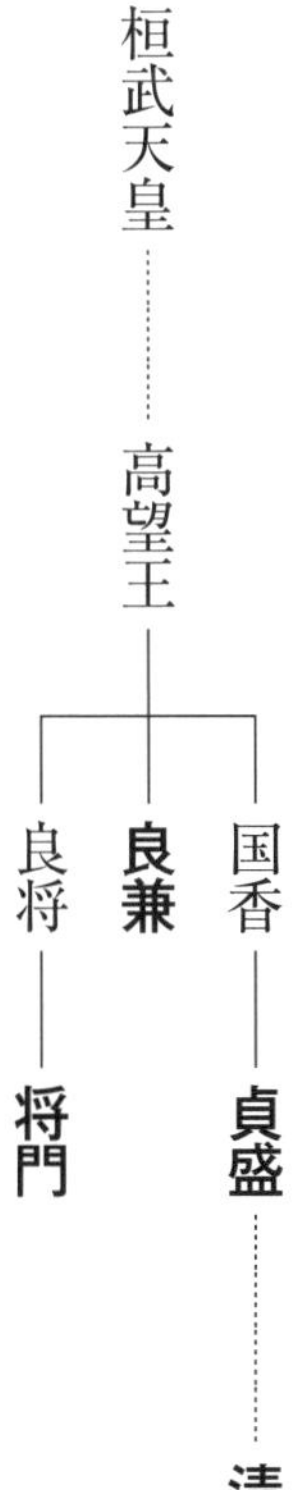

貞盛は、右の系図のように、将門の従兄《いとこ》で、清盛の祖先です。良兼は将門の伯父にあたります。「源氏の共喰い」という諺《ことわざ》がありますが、平氏も同じように一族で殺し合いをしていたのです。

姨捨山の月

――『大和物語』の棄老伝説

長楽寺聖観音像（姨捨観音）
（矢羽勝幸氏『姨捨・いしぶみ考』風景社刊より転載）

日本には、歌枕を訪ねるという旅の形があります。信濃国の歌枕姨捨《おばすて》山は、『古今集』のよみ人しらずの歌、

わが心　なぐさめかねつ　更科《さらしな》や　をばすて山に　てる月を見て

で知られる月の名所です。この歌が『大和物語』(一五六段)では棄老伝説《きろうでんせつ》と結び付けられました。更科の里に住む男が、親代わりに育ててくれた年老いた伯母を山に捨てに行く話です。深沢七郎の小説を原作とする、カンヌ映画祭でパルムドールを受賞した映画『楢山節考《ならやまぶしこう》』では、母親役の坂本スミ子が本当に捨てられてしまいます。それで、この伝説は、老母を山に捨てに行く話だと思った方もいらっしゃるでしょうが、そうではなく、折からの明月を見て悲しさのあまりにこの歌を詠み、翌朝連れて帰るという話なのです。その後の和歌では、棄老という側面がほとんど意識されず、純粋に月の名所として詠まれています。

もともとの姨捨山は、長楽寺の南東に見える、烏帽子《えぼし》の形をした冠着山《かむりきやま》(一二五二メートル)でした。ところが『古今集』の歌の影響で歌枕として喧伝《けんでん》され、いつの間にか冠着山を

仰ぎ見、観月に絶好の場所である麓の長楽寺周辺が脚光を浴び、そこが「姨捨山」と呼ばれるようになったようです。実際に満月が上るのは、東方に横たわる、頂が凹形をしている鏡台山《きょうだいさん》です。

元禄元年（一六八八）に芭蕉がこの歌枕を訪れ、

おもかげや　姨《おば》ひとり泣く　月の友　（更科紀行）

と詠み、その芭蕉句碑を、地元にゆかりの深い白雄《しらお》という俳号を持つ文人が明和六年（一七六八）に建ててから、俳人たちのメッカとなったのです。

江戸時代後期の旅行家で、民俗学の先駆者である菅江真澄《すがえますみ》がここを訪れたのは、浅間山大噴火の直後、天明三年（一七八三）の八月十五夜です。

まもなく誹諧師たちが諸方の国々からさそいあって来て、この山にのぼろうと相談しあっているうちに、日も傾いた。……御堂を拝して、萩薄をかきわけながら、夕露にぬれて姨石の上にのぼると、日も暮れかかって、百人ほどがいならび、月の出を心まちしている。……宵も過ぎるころ、おもむろに月は、向こうの鏡台山という遠い山の頂きの雲のなかから、ほのぼのともれでてきたが、やがて残るくまなく照りわたり、千曲川の流れは白銀を敷いたかのように眺められ、美しさはこの上なく、世にたとえようもないほどであった。

（わがこゝろ・菅江真澄遊覧記・平凡社）

と記しています。姨石というのは、表面がたたみ八畳分あるかないかの、細長く突き出た岩盤です。

姨捨山長楽寺（天台宗）のご本尊聖観世音菩薩は、法然上人がもっとも尊敬した中国浄土教の大成者善導《ぜんどう》大師（六一三〜八一）の作と伝わります（全国寺院名鑑）。この姨捨観音は、高さは一尺三寸（40センチ）ほどで、蓮の花を差し出す独特のポーズをとる非常に美しい仏像です。七年に一度、観音堂の厨子から本堂に移され廻向《えこう》されます。掲出の写真は昭和五十七年五月十八日に撮影されたものですが、近年は、善光寺と同時に開帳されるそうです。

忍ぶれど色にいでにけり

——平兼盛の秀歌

平兼盛像　時代未詳
くれてゆく　あきのかたみに　おくものは
我もとゆひの　しもにぞありける
（思文閣墨蹟資料目録　第442号　平成21年8月より転載）

『百人一首』の中で、ことに知られている歌は、在原行平《ゆきひら》（八一八〜八九三）の、

立ち別れ　いなばの山の　峰に生《お》ふる　まつとし聞かば　今帰り来む

と、平兼盛の、

忍ぶれど　色に出《い》でにけり　わが恋は　物や思ふと　人の問ふまで

のようです。昭和十一年に出版された『典拠検索　名歌辞典』（中村薫氏編・明治書院、2007年に中村薫氏編・久保田淳氏新訂・典拠検索　新名歌辞典・明治書院が刊行）に、八千二百首以上の名歌が、明治以前のどういう文献に引用されたかが収拾してあるのです。その引用数が、この二首は断然多いのです。

行平は、在原業平の兄で、ある事件に遭遇して須磨に蟄居《ちっきょ》していた時、宮中の人に送った有名な歌があります。

わくらばに　問ふ人あらば　須磨の浦に　もしほたれつつ　侘ぶとこたへよ

（「わくらばに」は、たまたまの意、古今集・雑下）

これに着想を得て紫式部は、「(光源氏が)おはすべき所は、行平の中納言の、藻塩垂れつつ侘びける家居《いへゐ》近きわたりなりけり」と「須磨の巻」を執筆し始めたのです。『源氏物語』に実名で出てくる、幸運な歌人です。

兼盛の「忍ぶれど」の歌は、「天徳四年(九六〇)三月三十日内裏歌合《だいりうたあわせ》」――歌合は、左右に分かれた集団から一首ずつ出して、判者がそれぞれの番《つがい》に優劣をつけます――のときの二十番右歌です。左歌は、同じく『百人一首』に採られた、壬生忠見《みぶのただみ》(生没年未詳)の、

恋すてふ　わが名はまだき　立ちにけり　人知れずこそ　思ひそめしか

でした。判者藤原実頼《さねより》(九〇〇～七〇)が優劣を決められず、源高明《たかあきら》(九一四～八二)に判定を譲ったのですが、高明も答えられませんでした。その時、村上天皇(在位九四六～六七)が「令三密詠二右方歌一」(同歌合判詞)、つまり、そっと「忍ぶれど……」と口ずさんでおられたので、「天気(天子の意向)あるか」として勝ちにされた歌です。『沙石集』という鎌倉時代の説話集には、負けた忠見は鬱状態になって食欲もなくなり、死んでしまったとありますが(巻第五末)、事実かどうかは分かりません。

「忍ぶれど」の歌と比べて、作者の平兼盛（?～九九〇）のことはあまり知られていません。光孝天皇（八三〇～八七）の皇子の孫で、初めは兼盛王と名乗っていたのですが、天暦四年（九四九）に臣籍に降《くだ》って平姓となったのです。そして、六年後に従五位下に叙せられ、さらにその二十四年後に駿河守に任ぜられるという、低い地位に甘んじなければならなかったのです。歌人としては、藤原公任《きんとう》（九六六～一〇四一）が撰んだ「三十六歌仙」の一人ですが。

また、紫式部が、「世間で知られている彼女の歌はみな、ちょっとした折のものでも、それこそこちらが恥じ入ってしまうほどの詠みぶりです。」（紫式部日記）と評価している女流歌人赤染衛門《あかぞめえもん》は、母が兼盛の妻でしたが、身籠ったまま赤染時用《ときもち》と再婚したので、実父は兼盛だといいます（袋草紙《ふくろぞうし》・上巻）。

ところで、この歌の第二句は「色にでにけり」と読みたくなりますが、平安時代は「いづ」が用いられたので、「色にいでにけり」と読みます。鎌倉時代になると、「い」が落ちた「づ（で・で・づ・づる・づれ・でよ）」も使われたようです。

従是女人結界

──破ろうとした女性たち

従是女人結界

大峰山・山上ヶ岳（1719メートル）への登山道

東西南北四箇所に設けられる。ここは西の洞川口。

（1995年10月1日撮影）

平塚雷鳥（一八八六〜一九七一）の「元始、女性は太陽であった」（青鞜《せいとう》・創刊号）は、天照大神《あまてらすおおみかみ》が女神——男神という説もある——であることを言っているのでしょうか。三世紀半ば頃の邪馬台国《やまたいこく》の女王卑弥呼《ひみこ》を指すのでしょうか。ちなみに、卑弥呼は、熊襲《くまそ》（九州南部）の女酋《じょしゅう》であるとか、天照大神のことではないかとか、朝鮮の新羅《しらぎ》を攻略して凱旋《がいせん》したとされる神功皇后とみなす説もあります。古代の祭祀において、神託を告げる巫女《みこ》として重要な役割を担った女性がいたことは確かなのですが、だからといって女性が全般に高い位置を占めていたとは言えません。

平安時代になると、女性差別の象徴のように見える「女人禁制」や「女人結界」という考え方が出てきます。これは、神道、仏教、儒教、陰陽道などとの相克や融合の中で生じたもので（鈴木正崇氏『女人禁制』吉川弘文館）、一筋縄では行かない問題なのですが、女性を男性の修行の場から遠ざけるための仏教の戒律「不邪淫戒《ふじゃいんかい》」と、女性は梵天王・帝釈天・魔王・転輪聖王《てんりんじょうおう》・仏身の五種になれないという「五障《ごしょう》」の影響が大きいことは否定できません。和泉式部（九七〇年代の歌人）も、家の前を法師の女郎花《をみなへし》を持ちて通りけるをいづくへ行くぞと問はせければ、比叡《ひえ》の山の念仏の立て花になむ持てまかると言ひければ結びつけける

名にし負はば　五《いつつ》の障《さは》り　あるものを　うら山しくも　のぼる花かな

（新千載集・釈教）

と詠んでいます。また、和泉式部が書写山（兵庫県姫路市）の性空上人（九一〇〜一〇〇七）に和歌を送って結縁を求めた（拾遺集・哀傷）ことはよく知られますが、書写山も応永五年（一三九八）に、女人結界の院宣及び御教書を賜っています（由緒書）。

一方、女人結界（修行の障害となるものが入ることを許さない区域）を破ろうとした女性たちの記録も古くからあります。大江匡房《まさふさ》（一〇四一〜一一一一）が著わした伝記説話集『本朝神仙伝』第九には、大和国の都藍尼《とらんに》が、吉野山の麓に住み、金峰山《みたけ》（吉野山から山上ヶ岳に至る連峰）に攀《よ》じ上ろうとしたけれども、雷電霹靂《らいでんへきれき》して、ついに登れなかった。尼が持っていた杖は樹木となり、かがまった所は水泉となり、爪の跡が今も残っていると書かれています。女性が結界に立ち入ったために石や木になったり、天変地異が生じたという伝承

は各地の山々に残ります。柳田国男氏によると、それらの勇気ある女性の名、トラ（虎）・トウロ（止宇呂）・トオル（融）・トランなどは固有名詞ではなく、巫女を意味した古い日本語だということです（妹《いも》の力・老女化石譚）。しかしこれらの話は、かえって山の聖地性を高めているのです。

大峰《おおみね》は、吉野（奈良県）から熊野（和歌山県）に至る巨大な山塊の総称です。役行者《えんのぎょうじゃ》（七世紀後半～八世紀）を祖とする修験道の根本霊場とされ、山上ヶ岳は現在も女人禁制を守っています。明治時代から、あえて登ろうとする女性たちと、登山口の吉野と洞川《どろがわ》の地元信徒・護持院と称する五ヶ寺・登拝講との攻防が展開されています。

十数年前、「奥吉野」「天河《てんかわ》神社」「山伏の峰入り」などのことばに惹かれ、奈良県吉野郡天川村に旅をした時、「従是《これより》女人結界」の巨大な碑に行く手を阻まれました。本当の結界は洞川の入口から何キロも後退していたことをその時は知らなかったのですが、侵犯しなかった旨を報告したら、老舗の山伏宿《やまぶしやど》「あたらしや旅館」の館主にいたく感心されました。

宮廷女房の生活
——清少納言の覗き見

几帳
『源氏小鏡』江戸時代の板本

教科書には決して載らない『枕草子』の文章があります。橋本治氏の『桃尻語訳　枕草子』（河出書房新社）からそのまま引用させていただくと、

宮中の局《つぼね》なんかで、オープンに出来にくい男が来てるからこっちの灯は消してあるんだけど、そばの光が上の方なんかから射し込んで来てるからさ、やっぱり〝ものの区別〟はぼんやりと分かるんだけどね、低い几帳《きちょう》を引き寄せてさ、そんなに昼間はそうも会ってられない相手だから、几帳の陰でくっついて横になってイチャイチャしてる髪の様子のよしあしは、隠せないみたいよね。直衣《のうし》（平服）や指貫《さしぬき》（袴）なんか、几帳に掛けてあるの。六位の蔵人《くろうど》の青色まではしょうがないわよ。「緑衫《ろくそう》」（安っぽい緑色）だとねェ……。足の方にクルッと丸めといて、明け方になっても簡単に見つけ出せないようにして、うろたえさすしかないんじゃない？

この文章につづけて、「夏も冬も几帳の片つかたにうちかけて人の臥したるを奥のかたよりやをら（そっと）覗いたるもいとをかし」（「心にくき物」の段）とあります。
『枕草子』の校注者には男性が多いからでしょうか、どれも、「女房が一人で眠っていると

ころを覗くのは」と慎重な訳がついています。けれども、すなおに読めば、ここは、他人の情事を覗き見ることを「いとをかし」と言っているとしか考えられません。『紫式部日記』（寛弘五年八月廿六日）に、宰相の君という女房の昼寝姿を戸口から覗く場面がありますが、性格が異なるのですから、清少納言の場合も同様に考えなければならないというものでもありません。

『枕草子』の作者清少納言は、中宮定子《ていし》に仕えていました。中宮彰子《しょうし》に仕えたのが『源氏物語』の作者紫式部です。中宮に仕えた女房清少納言は、内裏ではいったいどんな生活を送っていたのでしょうか。

中宮定子は、紫宸殿《ししんでん》（重要な儀式が行われる正殿）や清涼殿（天皇が日常生活を送る場の北にある後宮七殿五舎の一つ登華殿《とうかでん》という御殿を与えられていました。そこに十数名から数十名の女房が仕えているのです。光源氏の母が住んでいたことになっている桐壺は淑景舎《しげいさ》という御殿です。地位に応じて「殿」か「舎」が与えられるわけで、殿は間口が七間《けん》以上、舎は五間以下の建物です。「間」というのは、柱と柱のあいだということで、奥行は「面」と称します。ちなみに、清涼殿は九間四面です。清少納言は、中宮定子が住んでいる登華殿の、広い廊下のような所を几帳などで仕切った局《つぼね》を賜り、そこに住み込みで働いていたのです。

そこから、天皇の寝室「夜御殿《よんのおとど》」の北に隣接する弘徽殿上御局《こきでんのうえのみつぼね》に出勤します。ここは当夜お召しがあった后《きさき》達の控えの間です。出勤するのはだいたい夕方で、中宮の側で話し相手をしながら、用事でやって来た貴族達の取り次ぎをします。ついでに貴公子たちと知的な会話を交わし、からかい合ったりするわけです。夜の十一、二時ごろに仮寝をし、夜が明けるころ、自分の局に帰ってもう一度眠ります。

ときに、美僧の説経があると聞くと、みんなで牛車に乗って駆け付け（「小白河といふ所は」の段）、退屈だからと賀茂の奥までホトトギスの声をききにでかけたり（「五月の御精進のほど」の段）もします。

女房たちは家族以上に長い時間をともに過ごし、なにしろ基本的に壁というものがなく、紙と布と木で区切っただけの、ほとんどプライバシーのない空間に住んでいたのですから、覗き見も「をかし」で許されたのでしょう。

ことのままの明神
――清少納言の勘違い

事任八幡宮の大楠
近年は隠れたパワースポットとされ、
抱きつくとパワーがもらえるとのこと
（2014年8月19日撮影）

清少納言は、『枕草子』（一〇〇〇年頃）「社は」で、

祈言《ねぎごと》を　さのみ聞きけむ　社こそ　果はなげきの　森となるらめ　（古今集・讃岐）

を踏まえて、

ことのままの明神、いとたのもし。「さのみ聞きけむ」とも言はれたまへと思ふぞ、いとをかしき。（日本古典文学全集・小学館）

（ことのままの明神は、とても頼りになる感じ。「願い事ばかり聞いてきた」とも言われていらっしゃると思うと、ほんとにおもしろい。）

と記し、女流歌人相模（九九四頃～一〇六一以後）は、

神かけて　たのめしかども　東路の　ことのままには　あらずぞありける　（相模集）

と詠んでいます。この「ことのままの明神」は、静岡県掛川市に現存する事任《ことのまま》八幡宮を指しています。八幡宮を称するようになったのは、武士の世になってからのことです。「ことのまま」を、祈るがままにその願いが成就する意ととり、社名のおもしろさから数々の文学作

品に書き留められました。ところが、『延喜式』神名帳（九二七年）には「遠江国佐夜郡己等乃麻知《ことのまち》神社」、『三代実録』にも「（遠江国）真知乃神」（貞観二年八六〇正月二十七日）とあります。『文徳実録』には「遠江国任事。鹿苑両神」（嘉祥三年八五〇七月十一日）とありますが、事任八幡宮は主祭神を「己等乃麻知比売命《ことのまちひめのみこと》」としますので、本来は「ことのまち神社」であったと考えられます。岡田米夫《よねお》氏は「『ことのまち』とは琴による卜兆《うらかた》（うらないの結果現れたかたち）の謂《いい》か」（国史大辞典・事任八幡宮）と言われます。「まち」を「まゝ」と誤写したのでしょうか、生き残りをかけた神社による改名でしょうか。

コトノマチヒメという神はよく知られた神ではありません。そもそも「神名蒐集の事素《もと》より至難の業に属」（大日本神名辞書・凡例・大正元年）します。記紀に記された神ならともかく、子孫の伝承によるものが多く、由緒書『遠江一の宮　式内事任八幡宮』によると、「己等乃麻知比売命《ことのまちひめのみこと》は、言霊《ことだま》の神、興台産命《こことむすびのみこと》の妃神《きさき》で、天児屋根命《あめのこやねのみこと》の母神」なのですが、「ことのまま神社」になってから作られた系図とも考えられます。

同じ由緒書に、「己等乃麻知比売命《ことのまちひめのみこと》は忌部系の神様」とあります。忌部《いんべ》とは心身を清める「斎戒」の意で、のちに斎部《いんべ》とも名のります。

中臣連《むらじ》の遠祖《とほつおや》天児屋命《あまのこやねのみこと》、忌部の遠祖太玉命《ふとたまのみこと》
（日本書紀・神代上）

とあり、中臣氏とともに朝廷の祭祀を担当した氏族です。原始古代、太玉命の率いた阿波国（徳島市に忌部神社がある）の忌部の祖先が新天地を求めて遠江（静岡県）に土着し、神が降臨しそうな粟ヶ岳（標高五三二メートル）に阿波々《あわわ》神社をたてて氏神を祀り、集落近郊に遙拝所を築いたのがことの始まりではないでしょうか。

一方、中臣氏は中臣鎌足を輩出した氏族です。鎌足が天智天皇から藤原の氏称を得、一族が藤原氏を称した時期もありましたが、文武天皇二年（六九八）以後、鎌足の子の不比等の系統以外は中臣の氏称に復し、その後大中臣《おおなかとみ》の氏称を許されます。政治の実権を握った藤原氏の一族である中臣氏はやがて忌部氏を圧倒し、両氏は伊勢奉幣使などの職掌をめぐって対立するようになります。そして斎部広成が大同二年（八〇七）、愁訴状を奏進します。それが、『古語拾遺』（国史や系譜に漏れた旧辞を拾う意）という歴史書です。

清少納言も相模も、このような歴史的背景とはかかわりなく、「ことのまま」という言葉だけに心をひかれたのですが、それは、おそらくは誤伝された神の名だったのです。

歌枕 室の八島 I

――煙の正体

平成５年に復元された**下野国庁前殿**
ここから源経兼が使者に「室の八島」を指し示した
（2009年3月28日撮影）

下野《しもつけ》の国（栃木県）に、「室《むろ》の八島《やしま》」という歌枕（名所）があります。特定のイメージと結びついた歌枕は、ほとんど旅に出ることのない平安貴族にとって、あこがれの地なのですが、実際はどこか分からない場合が多いようです。

「室の八島」の場合は、十世紀後半頃できたと思われる『古今和歌六帖』という類題和歌集に、

下野や　室の八島に　立つ煙　思ひありとも　今こそは知れ

とあるように、「煙」とともに詠まれます。なぜ「煙」が詠まれるのかに関しては、「元永元年（一一一八）十月二日内大臣家歌合」の判詞に、野中の清水から水蒸気の立つさまが煙のように見えるのだとあります。

さて、藤原清輔《きよすけ》（一一〇四〜七七）が著わした歌学書『袋草紙』（上巻）に、承徳二年（一〇九八）に下野国守になった源経兼が、国府を訪れた使者に「室の八島」を指さして教えたという逸話が載ります。とすると、「室の八島」は、国府があった栃木市田村町（元、都賀郡《つがぐん》）の下野国庁跡から眺められる所のようです。

国庁の東を流れる思川《おもいがわ》と姿川に挟まれた地には、摩利支天塚古墳《まりしてんづか》・琵琶塚古墳という大型前方後円墳など、百基以上の古墳が点在します。「都賀」の郡名は「塚」に由来するという説もあるほどです。木々の茂る小丘状の古墳群が、遠目には、川霧に煙る島々と映ったのではないでしょうか。「室」は神霊を祀る聖なる山をいうミムロ（御室、三室）、つまり墳《つか》のことで、モリ（森、杜）もそれが転訛《てんか》した同義語です。

ところで、「室」と「煙」というと、一夜にして懐妊した木花之開耶姫《コノハナノサクヤビメ》を瓊瓊杵尊《ニニギノミコト》（天照大神の孫）が疑い、その子が正統であるかどうか産屋に火をつけて試したという『日本書紀』（神代・下）に載る神話が思い出されます。その「火」の関連から、木花之開耶姫《コノハナノサクヤビメ》が、火を噴く富士山を祀る浅間社（式内社）――古称はアサマシャ。浅間山との関係はまだ解明されていません――の祭神とされるようになります。

室町時代末期になると、富士信仰が盛んになり、下野国を舞台とする次のような話が作られ、コノハナノサクヤビメを祭神とする浅間神社と、下野の惣社が結び付いてゆきます。

都に源蔵人《げんくろうど》という人がいました。下野国五万長者の娘が美人だとの噂をきき、神仏に祈願した甲斐あって、下野守となって下向し、求婚します。ところが娘は既に判官太夫の子を身籠っていました。長者は、コノシロという魚を積み上げて焼き、娘を荼毘《だび》にふしたように偽装します。……娘は武蔵の川越で姫を出産します。……長者の娘と源蔵人は結婚しますが、十三年後、ひきさかれていた母子は再会を果たします。その後、蔵人は惣社の神、長者の娘は浅間大菩薩となりました。（お伽草子《とぎぞうし》・浅間御本地《せんげんごほんじ》）

この「惣社」――境内の池に室の八島の縮小版が築かれている――とは、巡拝義務のある国守の便宜のために、数社の祭神を一箇所に集めて勧請《かんじょう》した神社で、下野国では国庁の北方、現在の大神《おおみわ》神社のところにあったのです。そこに浅間神社も勧請されたようです。

『奥の細道』で「室の八島」に参詣した芭蕉は、室八島明神の祭神は富士の浅間神社と同じだという縁起譚を記すだけで、風景のことには一切触れていません。２００９年11月号にこの章を掲載した時点では、芭蕉の参詣と、大神神社境内の「室の八島」の造営との前後関係が分からなかったのです（次章参照）。子供だましのような「室の八島」を見て唖然とした芭蕉は、その光景に触れることも、句を書き留めることもできなかったに違いありません。

歌枕 室の八島II

――点在する古墳群

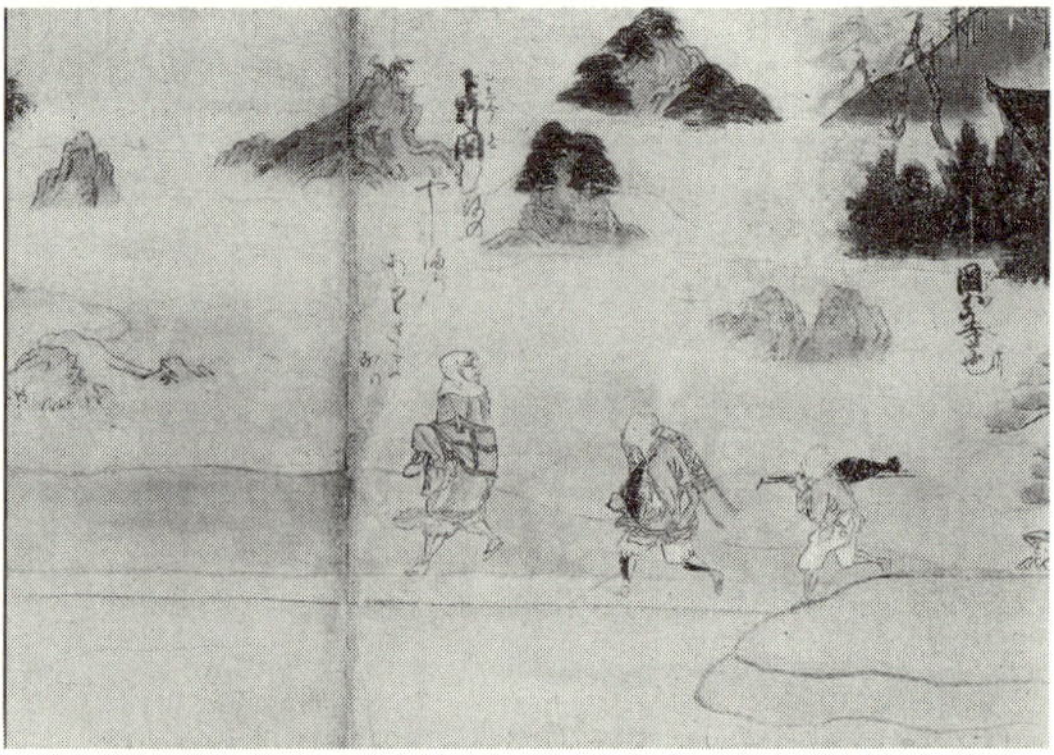

『親鸞聖人伝絵』 専修寺蔵

㊤「国苻《コフ》の社也《ヤシロナリ》」

㊦「下野国《シモツケノクニ》むろのやしまのありさまなり」「国分寺也《コクフンシナリ》」

（真宗重宝聚英 第五巻 親鸞聖人伝絵 同朋舎メディアプランより転載）

親鸞聖人（一一七三～一二六二）の曽孫覚如《かくにょ》（一二七〇～一三五一）は、二十一歳から二十三歳までの三年間、東国の親鸞聖人の遺跡を巡見しました（慕帰絵《ぼきえ》・四）。そして、聖人没後三十三年の永仁三年（一二九五）、『親鸞聖人伝絵』を制作しました。その中に「室の八島」を描かせています。「国府の社」すなわち惣社（大神神社《おおみわじんじゃ》）と国分寺との間――直線距離で約三キロ――に、「下野国むろのやしまのありさまなり」と、覚如自身の筆で書き込んでいます。しかも、この専修寺《せんじゅじ》本は、下野国高田の顕智上人の許に送り届けたものなのです。

下野国（栃木県）の歌枕「室の八島」はどこにあるのか解明されていないのですが、この『伝絵』の絵と詞書きは、鎌倉時代の東国の人々にとっての「室の八島」の位置を決定づけるものと考えられます。前章でも触れましたが、平安時代末期に成った『袋草紙』という歌学書に、

源経兼《つねかね》が下野の守として在任していた時、ある者が書状をもって国府にやってきた。とても叶えられることではなく、どうにもならない旨を言い聞かせて追い返した。冷ややかな応対をしてしまったので、経兼は、一、二町（百～二百メートル）ほど先を帰って行く男を呼び戻した。男は、手ぶらでかえすのも気の毒に思って、何かしかるべき物

をくれるのかと思って、戻らなくていいものを、戻ってきたら、経兼が「あれ見給へ、室の八島はこれなり。都にて人に語り給へ」と云う。男はますます腹を立てて出て行ってしまった。(上巻)

という話が載り、明応二年(一四九三)に宗祇が著わした連歌の書『下草』にも、

室八島の松を見侍りて

霜さえて　松の葉けぶる　朝日かな

と、『親鸞聖人伝絵』に描かれている室の八島の松が詠まれています。やはり、平安時代から室町時代にかけて、「室の八島」は、下野国府から眺められる、国府と国分寺の間に点在する、小山に松の生えた古墳群をさすと考えてよいのではないでしょうか。ただ、それが、現地を見たこともない、京都の歌人の認識と同じであったかどうかはわかりません。

ところで、大神神社は、天正十二年(一五八四)に兵火でほとんど焼失しました。現在境内にある小さな池の中の八つの島に、筑波・天満宮・鹿嶋・雷電・浅間・熊野・二荒山・香取の小祠を置いたミニチュア版「室の八島」(「坂東順礼の旅」図版304頁参照)は、寛永十三

年（一六三六）四月に、林羅山が壬生城で一泊した折、一里ほど離れた所にある、このミニチュア版を見物してきた者たちの報告を聞いて、「室八島并序」（林羅山詩集・巻四）を作していますので、それ以前に築かれたものです。神社の関係者が、荒廃期に再建策として、「歌枕」を利用したと考えられます。

半世紀後、芭蕉は『奥の細道』の旅でこれを見て、さぞ落胆したことでしょう。芭蕉は納得しなかったと思いますが、明治二年に、杲雲閣春峰《こううんかくしゅんぽう》という俳人が、『曽良書留』にある芭蕉の句、

いと遊に　結びつきたる　けぶりかな

の石碑を池の入り口に建立し、記念の句集『その煙』を出版してしまったのです。

＊2012年6月号に掲載。加藤定彦「『奥の細道』に探る東国の歴史──「室の八島」を中心に」（環境という視座　日本文学とエコクリティシズム・2011年7月・勉誠出版）参照。

女心

――観音と交わる僧

女房狂乱
松崎天神縁起絵巻
（山口県防府天満宮蔵）

歌人としてはあまり評価されず、四番目の勅撰集『後拾遺集』を編纂したことが最大の業績であると言われる藤原通俊《みちとし》（一〇四七～九九）の子に、仁俊《にんしゅん》という、仏法によく通じた天台宗の高僧がいました。貰い方だったのですけれども、鳥羽院に祗候《しこう》するある女房が、

「仁俊は女心ある者の、空聖立《そらひじりだ》つる」

という噂を立てます。そこで仁俊は、同じ讒言《ざんげん》により左遷された、菅原道真が祀られている北野天満宮に参籠《さんろう》して、「この恥をすすき給え」と祈り、

あはれとも　神神ならば　思ふらむ　人こそ人の　道は断つとも

（哀れだと、神が神であるなら思っているだろう。人が人の生きて行く道を断《た》っても）

と詠んだところ、その女房は、赤い袴だけを腰に巻いて、手に錫杖《しやくじよう》を持って、院の御所で舞い狂います（後略、十訓抄《じつきんしよう》・上、一二五二年）。その様子を描いたのが右の絵で、一度見たら忘れられない絵柄です。

問題にしたいのは、「女心ある」です。同じ話を載せている『北野天神縁起』（弘安本）や『松

崎天神縁起』の詞書では、「女心あるよしを、鳥羽院の女房申し出《いだ》したりければ」となっています。「女心」は、もともと、女に特有の気持ちを意味し、ひいては女が男を恋しく思う気持ちともなります。ところが、この『十訓抄』の一例があるために、「男が女を求める心。女を恋しく思う気持ち。」（日本国語大辞典）と、無理矢理新しい意味を考え出さざるを得なくなりました。

僧の恋愛対象としてまず思い浮かべるのは、稚児です。十二歳から十六歳ぐらいの少年で、僧の世話をすると同時に弟子として学問を学んだのです。当然、性愛の対象となることも多々あります。初期の仏教界では、淫戒・盗戒・殺人戒・大妄語戒の四つが最も罪の重いものとされ、「波羅夷《はらい》」と呼ばれました。その淫戒では、異性または同性と交わることを禁じています。しかし後に有名無実となり、天台宗では、ついに、稚児を観音の化身であることにする「児灌頂《ちごかんじょう》」という儀式を考案します。それは口伝として伝わり、叡山文庫が蔵する『弘児聖教秘伝私《こうちごしょうぎょうひでん》』という珍書なども現在閲覧禁止ですが、今東光氏が『稚児』（昭和二十二年・鳳出版・谷崎潤一郎序）に、物語の形式を採って紹介されています。それによると、極秘の行法から、少年の法性花《ほっしょうげ》（肛門）を清浄に洗った上、油もしくは唾を指頭に塗って……

ということまで定められているそうです。

観音の化身である稚児と交わることが公認されていたのならば、鳥羽院の女房はやはり女犯《にょぼん》を追及したのではないかとも考えられますが、史料や文献を博捜された石田瑞麿《みずまろ》氏は、『女犯　聖の性』（筑摩書房）で、古代においては、世間一般の、僧の女犯に対する受け取り方は、総じて寛容であったとされます。貴族の世界でも、

「後白河の法皇は、かくすは上人、せぬは仏と仰せられけるとかや」（沙石集・拾遺二九）

という感覚なのです。結局、寛容であることができないのは、現実に僧に惚れている女房だけなのです。

おそらく、鳥羽院の女房が仁俊に恋心を打ち明けたところ、仁俊は相手にしてくれず、己の稚児、あるいは他の美少年に夢中だったのでしょう。嫉妬と屈辱の入り交じった気持ちで、仁俊には女と同じように男を愛する心があり、戒律を犯していると訴えたのではないでしょうか。仁俊にとっては、法律的に何の問題もなく、濡れ衣だということだったのでしょう。

柿本人麻呂の画像

——坐像と立像

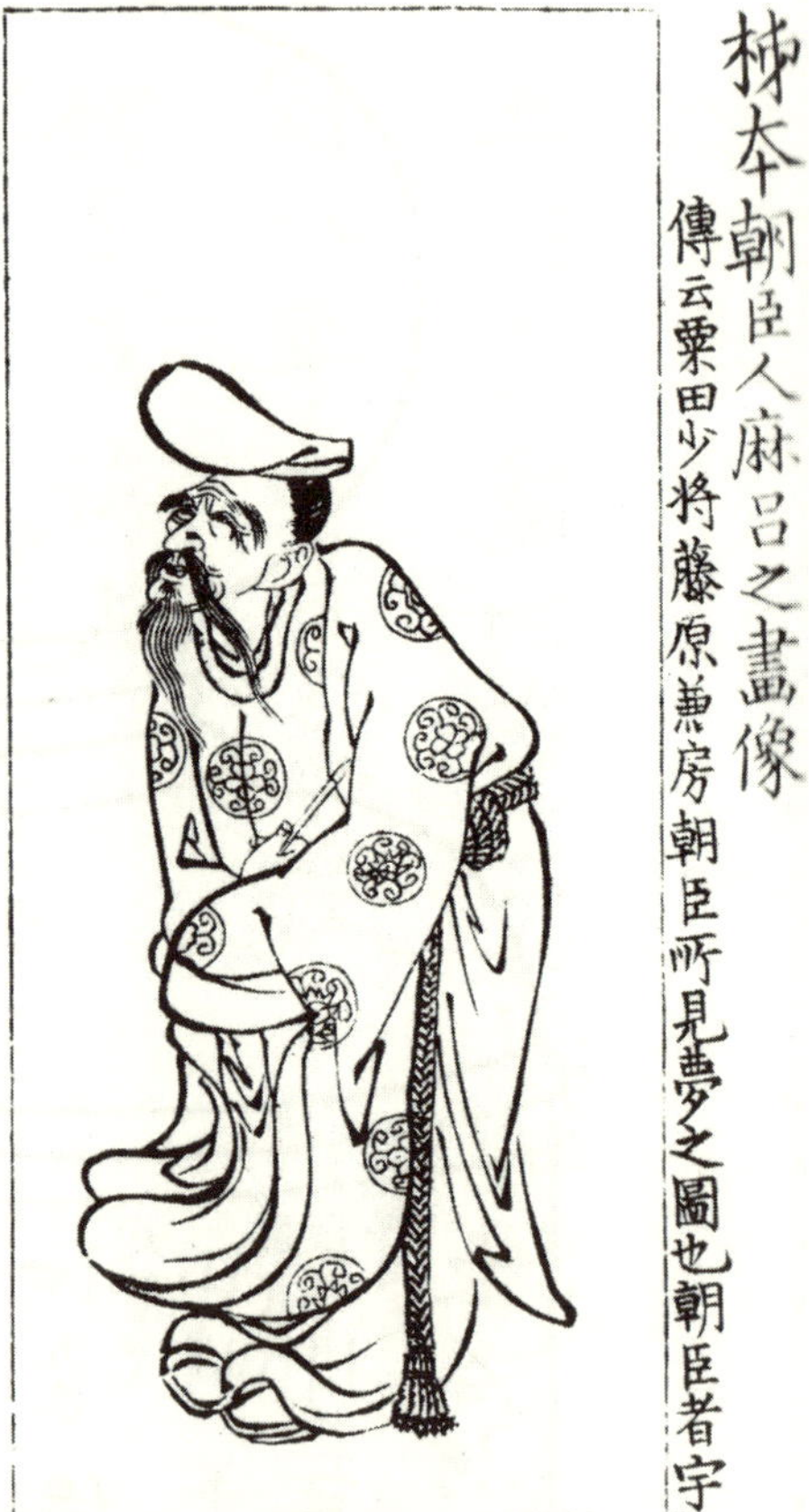
柿本朝臣人麻呂之畫像
傳云粟田少将藤原兼房朝臣所見夢之圖也朝臣者宇

柿本朝臣人麻呂之画像

伝云粟田少将藤原兼房朝臣所見夢之図也朝臣者宇都宮初祖宗円坐主之父也（下野国誌・三之巻）

―坐像が多い中、立像の歌聖人麻呂―

ほのぼのと　明石の浦の　朝霧に　島がくれ行く　舟をしぞ思ふ　（古今集・羇旅）

あしびきの　山鳥の尾の　しだり尾の　長々し夜を　ひとりかも寝む　（百人一首）

この二首は、よみ人しらずの歌が伝誦されるうちに、柿本人麻呂（七世紀後半〜八世紀初め）の歌となったものです。よみ人知らずの歌の作者に擬せられるほどの歌聖人麻呂の影像を安置し、和歌を献じて供養する人麿影供《ひとまろえいぐ》は、藤原顕季《あきすえ》（一〇五五〜一一二三）が自邸で始めたものです。その時の『柿本影供記』（一一一八年）によると、かかげた画像は新しく描いたもので、烏帽子直衣《のうし》を着け、左手に紙、右手に筆を握った六十余歳の人です。現存最古の人麻呂画像と言われる「佐竹本三十六歌仙絵」（坐像、鎌倉前期）はこの画像を踏襲したものです。

後になって、『十訓抄《じっきんしょう》』（上、一二五二年）と『古今著聞集《ここんちょもんじゅう》』（第五、一二五四年）に、その画像の起こりが、次のように語られています。和歌の道を好んだ藤原兼房（一〇〇一〜六九）が、人麻呂の姿を知らないことを歎いていたところ、夢に人麻呂があらわれました。絵心のない兼房は翌朝、絵師を召して夢のとおりに描かせます。その姿は、なえた烏帽子を着け、左手に紙、右手に筆を握って、歌を案ずる様子の六十余りの人物でした。この像は、兼房の死の直前、白河天皇（兼房の死の三年後即位）に献上され、鳥羽の宝蔵（勝光明院）に納められました。その原本を、近習の顕季《あきすえ》が書写します。原本はその後焼けてしまいますが、顕季本は歌才のある子孫へと伝わりました。

面白い話ですが、この夢想説話は、鎌倉時代になって捏造《ねつぞう》されたものなのです（北原元秀氏・人磨影説話の史料的価値をめぐって・古代文化・37巻5号）。捏造されたものですが、鎌倉後期にはかなり広まっていて、『とはずがたり』（巻五、一三〇四年）によると、人麻呂画像は夢に由来するものであるという話が定着していたようです。

ところで、夢を見た兼房の息に宗円（一〇三三～一一一一）という人物がいます。代々宇都宮二荒山神社の社務職《しやむしき》（神職の長）を継いだ宇都宮氏の初祖です。その二荒山神社の宝庫に、古い人麻呂の画像があり、『超大極秘人丸伝《ちようだいごくひひとまるでん》』（一六〇六年）『和漢三才図会《わかんさんさいずえ》』（巻六十六、一七一二年自序）などが、宇都宮大明神は人麻呂であるとしているのは、その画像をご神体と誤ったのです。

画像は、安永二年（一七七三）三月七日に焼失してしまいましたが、「足利戸田侯ノ臣田崎明義ガ模シテ収蔵セシヲ縮図」したものが、『下野国誌』(一八四八年成)に載っています。この田崎明義(早雲、一八一五〜九八)とは、足利藩(下野国)の下級武士の子で、横山大観、上村《うえむら》松園らと同じ帝室技芸員で、『下野国誌』の画者です。

鎌倉時代の人は当然、夢想説話を事実として捉えていたはずで、

「ある夜の夢に、西坂本とおぼゆる所に、木はなくて、梅の花ばかり雪のごとく散りて、……かたはらに年高き人あり」(十訓抄・上)

という叙述からは、おのずと山荘の庭に佇む老人が思い浮かびます。歌仙絵などの坐像が普く知れ渡る以前に、宇都宮氏が祖先を顕彰するため、夢想説話に基づく立像を描かせたのではないでしょうか。ちなみに、終焉地に創建され、人麻呂を祭神とする、島根県益田市の高津柿本神社の、伝狩野永叔《えいしゆく》(一六七五〜一七二四)筆人麻呂像(軸物)も、何か伝承があったのか、紙と筆を持つ立像です。

＊佐々木孝浩氏「柿本人麿信仰関連資料」(古筆への誘《いざな》い・平成17年3月・三弥井書店)、同氏「人麿を夢想する者――兼房の夢想説話をめぐって――」(日本文学1999年7月)、同氏「人麿影と讃の歌」(和歌の図像学・和歌をひらく第三巻・2006年2月・岩波書店)参照。

浄土庭園

——極楽の隣にある地獄

白水阿弥陀堂と浄土庭園（昭和 47 ～ 49 年復元）
「ここの庭園の特徴は、阿弥陀堂が南面し、背後に経塚山を主として山々が取り巻いており、山々を蓮の花にたとえて作庭された。」
（提供・願成寺　国宝 白水阿弥陀堂）

十円硬貨の絵柄にもなっている宇治の平等院は、藤原頼通《よりみち》が別荘を寺として創建したもので、前庭に池を配した阿弥陀堂（近世以降鳳凰堂と呼ぶ）は天喜元年（一〇五三）に落成しました。それを「悉く模した」（吾妻鏡・文治五年九月十七日）のが、平泉の無量光院です。平泉（岩手県西磐井郡）を拠点として陸奥・出羽を支配した、藤原鎌足の末裔奥州藤原氏は、源頼朝に滅ぼされるまで、清衡（一〇五六〜一一二八）・基衡・秀衡（〜一一八七）・泰衡（〜一一八九）の四代が続きました。初代清衡は中尊寺を、基衡は毛越寺《もうつうじ》を、基衡妻は観自在王院を、秀衡は無量光院を（以上、世界遺産に登録）、そして陸奥国磐城郡（福島県）の岩城則道に嫁した、清衡のむすめと言われる徳尼は白水《しらみず》阿弥陀堂（国宝）を建立しました。「白水」は地名ですが、「平泉」の「泉」を分解したものなのでしょうか。平泉庭園群も白水阿弥陀堂の庭園も、発掘、復元、整備されたもので、浄土庭園と呼ばれる類のものです。

永承七年（一〇五二）の末法突入を機に、貴族たちは阿弥陀仏の浄土を渇仰《かつごう》するようになります。そして、

「極楽国土には、七宝の池あり。八功徳の水、その中に充満せり。……四辺の階道、金《こん》・

銀《ごん》・瑠璃・玻瓈《はり》より成る。上に楼閣あり、……池中の蓮華、大いさ車輪のごとし。……極楽国土には、かくのごときの功徳荘厳を成就せり。」

と『阿弥陀経』に説法する浄土の景観を図像化して、当麻曼荼羅《たいままんだら》などの浄土変相図がつくられ、それを三次元的に実体化して浄土庭園がつくられるようになったのです。

芭蕉は『奥の細道』の旅で平泉を訪れ、

三代の栄耀《ええう》一睡の中《うち》にして、大門《だいもん》の跡は一里こなたに有。秀衡が跡は田野《でんや》に成て……。

夏草や　兵《つはもの》どもが　夢の跡
五月雨の　降り残してや　光堂《ひかりどう》

と詠みました。藤原三代の栄華もわずか一睡の間の夢と過ぎ、天治元年（一一二四）に落成した、中尊寺創建当初の唯一の遺構である光堂（金色堂）だけが残っていたのです。

時代はずっと下って安政二年（一八五五）、浄土を具現した白水阿弥陀堂のすぐ近くで、片寄平蔵が石炭の露頭を発見し、開発に着手しました。その常磐炭鉱が昭和四十年に閉鎖に追い込まれた時の様子は、映画「フラガール」（李相日《りそうじつ》監督、平成十八年公開）で描かれましたが、到底描ききれなかった厳しい現実は、「いわき市石炭・化石館」のシミュレーションエレベーターに乗るだけでも擬似体験ができます。消灯された完全な闇の中に「100・200……600」と数字だけが表示され、地下600mの坑底に入坑するのです。実際は一階分降りただけなのですが、奈落の底に落ちてゆく恐怖は、善光寺の胎内くぐりとは比べるべくもありません。温泉が湧き出るため、地獄のように暑い坑道で、鉱夫たちは過酷な労働を強いられたのです。炭住《たんじゅう》には今も人が住んでいます。奈良・平安時代、京の朝廷は東北住民を「蝦夷《えみし》」「夷俘《いふ》」「俘囚《ふしゅう》」と呼び、伊予国（愛媛県）や筑紫（九州）に強制移住させるなど、奴婢のように扱いました。

貴族や貴族化した武士たちは浄土に往けたのでしょうか。あるいは、「冤霊《えんりょう》（無実の罪で命絶えた人の霊）をして浄刹《じょうせつ》（浄土）に導かしめ」（中尊寺落慶供養願文）ることはできたのでしょうか。浄土のとなりに地獄さながらの世界が現存するのです。金銀の力で浄土を現出させた者のためではなく、何も持たない人たちのために、ただ「南無阿弥陀仏」と称えるだけで浄土に往けると説き、法然が浄土宗を開創したのは、建久九年（一一九八）のことです。

牝牛の角

――女牛に腹をつかれるとは

曲がった角　牡牛か牝牛かは不明
『絵本宝鑑《えほんほうかん》』（1688 年刊）
巻六　百七十一　文殊無着問答

説話研究会という集まりで、『古今著聞集《ここんちょもんじゅう》』（一二五四年）という中世の説話集を読んでいたら、宇治に平等院を建てた関白藤原頼通《よりみち》の子俊綱（一〇二八〜九四）が播磨（兵庫県）に下向した折、藤原義定《のりさだ》という武者が、

我のみと　思ひこしかど　高砂の　尾上《をのへ》の松も　またたてりけり

（人生を無為に過ごしたのは自分だけだと思ってきたが、高砂の尾上の松も、ただ立っているのだなあ。）

という秀歌（『後拾遺集』雑に入集）を詠んだので、その場にいた良暹《りょうぜん》法師（百人一首「さびしさに宿を立ちい出でてながむればいづくも同じ秋の夕暮」の作者）が「女牛《めうし》に腹つかれぬるかな」と言ったという話が出てきました（巻第五・和歌、約一世紀前の『袋草紙』に類話がある）。この良暹の言葉は、意外な人物にしてやられたというような意味だと考えられますが、女牛云々がどうしてそういう意味になるのかは、も一つ釈然としませんでした。

数日後、たまたま『蓮如上人御一代記聞書』（本）で、

世の中に　尼の心を　捨てよかし　妻《め》うしの角は　さもあらばあれ

という「御開山（親鸞）御歌」を見つけました。『浄土真宗聖典』の註釈によると、「尼の心」は出家して尼になりたいという心。「妻うしの角は……」は牝牛の角は曲がっているけれども、それはそれでよいという意。つまり、他力本願であるから、自ら形を変えることに意味はないということでしょうか。土井順一氏によると、この歌は他の書物にもあり、『御詠歌』（大谷大学蔵写本『仮名聖教』所収）と『釈教玉林和歌集』（一七九九年刊）では、

世の中に　尼の心の　なをれかし　牝牛の角は　さもあらばあれ

祖師ノ御ウタ

となっているそうです（古伝親鸞の和歌・佐賀龍谷短期大学紀要29）。直そうと思っても直らない牝牛の角はそのままで良いが、尼の心はもとのように正しくなれの意です。『譬喩尽《たとえづくし》』（一七八六年自序）という諺《ことわざ》集に、「牝牛は角後へ曲りて中々突ことあたはざるものなり」とありますが、『袋草紙』か『古今著聞集』の話から解釈したものと思われ、実際は、牡牛《おうし》にも牝牛《めうし》にもある角は個体差が激しく、左右で異なる場合もあり、しかも牝牛はお

となしいということもないようです。

伝親鸞歌は、どちらの形が古いものか分かりません。「尼の心」の意味も浄土真宗内部独特の解釈かもしれません。

「不可思議の愚痴無智の尼入道」（愚管抄・土御門）

「尼入道の無智のともがら」（一枚起請文）

「一文《いちもん》不知《ふち》の尼入道」（御文章・五帖）

「なにごとをもしらざる尼入道」（蓮如上人御一代記聞書・末）

と並べると、江戸時代以降使われた「このアマ」「アマ呼ばわり」などと女性をいやしめる言い方に通じるものを感じます。ともあれ、蓮如（一四一五～九九）あるいはその子実如《じつにょ》（一四五八～一五二五）の時代には、牝牛の角は真っ直ぐではないという共通理解があったようです。それには牝牛＝女の心が曲がっているという前提がありそうです。

つまるところ、「牝牛に腹つかる」は、牝牛＝女性は、（力が弱くておとなしく）心と同様角も曲がっていて、男の腹を突くことなどあり得ないという男の願望から出た諺のようです。

Ⅱ　中世

作州 誕生寺

――法然の伝記

誕生律寺　御影堂　国指定重要文化財
（2008年8月5日撮影）

「誕生寺」というと、千葉県鴨川市小湊《こみなと》にある日蓮上人（一二二二～八二）の誕生寺の方が有名かもしれませんが、岡山県久米郡久米南町には、浄土宗の開祖法然上人（一一三三～一二一二）の誕生寺があります。

法然上人は故郷を偲びつつ歌を詠んでいます。

生まれては　まづ思ひいでん　故郷に　ちぎりし友の　ふかき心を

（新千載集・釈教）

同寺の「由来」には、建久四年（一一九三）、熊谷《くまがい》次郎直実《なおざね》入道蓮生が代理墓参をして、師の両親供養のため、館を寺院に改めたものとあります。JR西日本津山線誕生寺駅からしばらく歩くと、上人自作の木像を背負ってこの地にたどり着き、館を目前にして号泣し、天地も裂けんばかりに念仏を唱えたという「熊谷入道の念仏橋」があり、清流が流れています。

鎌倉新仏教の祖として、法然・栄西・親鸞・道元・日蓮が挙げられますが、祖師たちはそれぞれ、何歳ぐらいの時に何故出家したのか、とても知りたい事柄です。試みに『岩波仏教辞典』の「法然」の項を見てみますと、

「美作（岡山県）の人。押領使漆間時国《おうりょうしうるま》の子で、幼名を勢至丸といった。9歳のとき父は夜討に遭うが、遺誡により仇討を断念。13歳で比叡山《ひえいざん》に登り、15歳のとき皇円《こうえん》について出家。1150年（久安6）18歳のとき、西塔の黒谷《くろだに》に隠棲していた慈眼房叡空《じげんぼうえいくう》をたずねて弟子となり、〈法然坊源空《ほうねんぼうげんくう》〉と名を改める。……43歳のとき、……専修《せんじゅ》念仏に帰した。……」

とあります。これは、後伏見上皇の勅命により14世紀につくられた『法然上人行状絵図』によったものです。

ところが、何種類もある法然の伝記の中で、現在注目されている、京都の醍醐寺——太閤秀吉の豪華な花見の宴で知られる——に蔵されている『法然上人伝記』には、異なった事実が記されています。この伝記は、平家の遺児で、法然上人が亡くなるまでの十八年間随侍し、師の臨終に際し、浄土宗の教えの要《かなめ》を記した『一枚起請文《いちまいきしょうもん》』を授けられた源智（一一八三～一二三八）が書き残したものです。それには、法然上人は美作州の人で、姓は漆間氏。本国の師観覚に「直人《ただびと》ではない」と言われ、叡山に登りたいという思いを父に伝えたところ、慈父は「自分には敵がいる。叡山に登った後に敵に打たれたと聞いたら、後世を弔ってほしい」と言った。15歳にして叡山に登り、叡空《えいくう》を師として出家する。そうしている間に、現実に父が敵に打たれてしまった。このことを聞いて、師に暇を乞い、叡山を去り遁世しようとしたが、師に「遁世の人も無智なのは良くない」と言われ、学問に没頭し、3年間で天台60巻を学び終えた。

と記されています。梅原猛氏は『法然の哀しみ』（小学館）で、「法然の最愛の弟子である源智によって語られたものとして、動かしがたい信憑性をもっているように思われる」と書いておられます。

いつ、故郷で父親が殺されるという事件があったのかは、出家の動機とかかわる重い問題なのですが、それが出家前であったとしても、出家後であったとしても、法然浄土教が、そういう恩讐を超えて生まれたのだとすると、凡夫ながら法然の哀《かな》しみを共有できるような気がするのです。

浄土自堕落

——悪人正機説

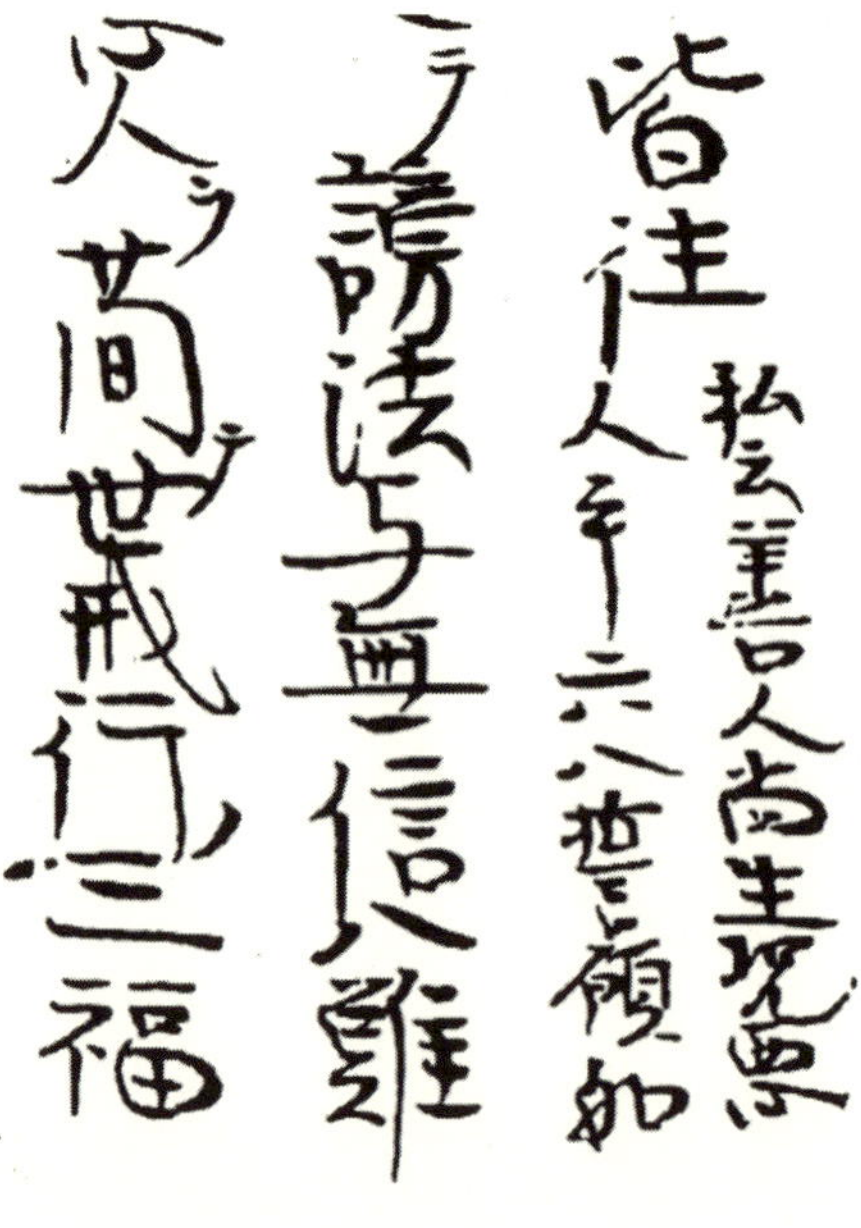

「私ニ云ク善人尚ホ生マル況ンヤ悪人ヲ乎ヤ」
二行割りの部分『輪円草』第四十三座
（西福寺蔵　西尾市教育委員会提供）

親鸞聖人（一一七三〜一二六二）の思想としてあまりにも有名な悪人正機説《しょうきせつ》「善人なほもつて往生を遂《と》ぐ、況《いは》んや悪人をや」は、弟子の唯円が編んだとされる『歎異抄《たんにしょう》』に載っている詞です。「正機説」の「正機」は、仏の教えや救いを受ける素質を備えていることです。

近年、この説は、親鸞の師、法然上人の口伝《くでん》であったと考えられるようになりました。

「一善人尚以往生況悪人乎事　口伝有之」（法然上人伝記）

「私云善人尚生況悪人乎」（輪円草）

と、親鸞聖人とは直接関係のない、源智（法然の愛弟子、一一八三〜一二三八）編『法然上人伝記』（京都・醍醐寺蔵）や、至徳三年（一三八六）に著された『輪円草《りんねんそう》』（浄土宗・愛知・西福寺蔵）などにも見られるからなのです。

なぜ「口伝」なのかというと、「悪人」が問題なのです。法然の浄土教では、「悪人」は、強盗や殺人を犯した人間ではなく、「凡夫」のことだと考えるのです。法然（源空）上人自身が、

わが心 池水にこそ 似たりけれ 濁り澄むこと さだめなくして

（続後拾遺集・釈教）

と詠んでいます。「心が濁る」法然を含めて人間はすべて凡夫であり、その中で、悪人の自覚を持つ人を「悪人」と呼ぶのです。なんだか、肩すかしをくらったような気分ですが。当然、鎌倉時代の人々も、「悪人」は法律的に悪事を働く人だと捉えました。そこで、悪人こそ往生できるのだからと、積極的に悪事を行うヤカラが発生してしまいました。これを「造悪無碍《ぞうあくむげ》」と言います。そのため、この説は世間に対しては封印せざるを得なくなり、「悪人」とは、自己の罪悪を自覚して、阿弥陀仏の力にすがろうとする人だという宗教的意味が「口伝」として伝えられたのです。

ところで、『歎異抄』の「悪人正機説」は、親鸞じきじきの言です。版本も五種ほど刊行され流布しています。しかし江戸時代の庶民レベルでは、

禅掃除、真言料理、門徒花、法華飾りに、浄土自堕落

（譬喩尽《たとえづくし》）

という常套句《じょうとうく》（「門徒」は浄土真宗を指す）が通行していたらしく、悪人の方が往生できるのだからと、とかく自堕落になりがちであった空気をうかがうことが出来ます。この常套句から、皮肉にも、「悪人正機説」が、浄土真宗ではなく、浄土宗の説であったことが浮かび上がってきます。

法然の浄土教は、本来、釈迦教と弥陀教とに立脚したものです。釈迦教とは、善を勧め、悪を抑止するもので、弥陀教とは、止めようとしても悪事を犯してしまう凡夫を極楽浄土に迎えて下さる阿弥陀仏を信じて念仏する教えです。悪事を勧めることはあり得ないのです。

さて、悪人正機説は法然の発明であることが明らかになったのですが、もっと突き詰めて、親鸞でも、法然でも、最澄でもなく、「五逆十悪の罪を犯した者が命を終えようとする時、臨終の苦しみに責めさいなまれて、仏を念じることができない。その時、南無阿弥陀仏と十回口に称えると、極楽世界に往生する。」（下品下生の章）と説く、浄土三部経の一『観無量寿経』こそが、悪人を救うための教えであると考えるべきなのではないでしょうか。

熊谷直実と平敦盛

──『平家物語』の虚実

平敦盛像
（京都 嵯峨 法然寺蔵）

『平家物語』によると、寿永三年（一一八四）、一の谷の合戦で源平が激突し、義経の鵯越《ひよどりごえ》の坂落《さかおとし》の奇襲で平家は総崩れとなり、海上へと敗走します。

源氏方の熊谷直実《くまがいなおざね》（一一四一〜一二〇八）が、平家の大将軍を討ち取り手柄を挙げようと渚に馬を進めると、そこに、ただ一騎で馬を泳がせ、平家の舟を追う武者がいました。直実が扇をあげて招くと武者は戻ってきます。浜辺にあがろうとしたところをむんずと組んで馬から落とし、押さえて首を斬ろうと兜を押しのけると、まだ十六七歳の若者で、薄化粧をしてお歯黒をしていました――当時の貴族の風習です――。わが子小次郎（直家）と同じくらいの年なので躊躇し、助けたいと思うのですが、すでに味方の軍勢が迫っています。同じことなら自分の手にかけて後世を弔おうと討ち取ります。

そして、「あはれ、弓矢とる身ほど口惜かりけるものはなし。武芸の家に生れずは、何とてかゝる憂き目をば見るべき。なさけなうも討ちたてまつるものかな」とさめざめと泣くのです。遺品の笛からその若武者が平敦盛（一一六九〜八四）だと分かり、このことを機縁にして、直実の出家への思いはますます強くなります。

（巻第九・一の谷）

有名な「敦盛最期」の場面です。

ところが、鎌倉幕府の事跡を編述した史書『吾妻鏡《あづまかがみ》』にも、熊谷直実の出家に関する記事が載っているのです。彼は、「敦盛最期」の八年後、久下《くげ》直光との領地の境界争いで、将軍頼朝から度々尋問を受けたため敗訴だと思い込み、証拠の文書を簾の中に投げ入れ、なお忿怒に堪えず、武士の詰所で「自ら刀を取り髻《もとどり》を除き」逐電《ちくでん》したとあるのです（建久三、一一九二年十一月二十五日）。それで、「ナンダ、平家の話はウソか」ということになってしまいました。

ところが、直実は、自ら髻を切ったはずの前年、「長門熊谷家文書」三月一日の譲り状に、

「地頭僧蓮生（花押）嫡子平直家（花押）」（鎌倉遺文514）

――熊谷氏は平氏なのですが源氏方についたのです――

と、小次郎（直家）とともに署名しているのです。このことは既に知られていたのですが、『吾妻鏡』との関係で信憑性がないとされてきたのです。しかし、この文書の価値が見直され、今度は『吾妻鏡』の記事が疑わしくなりました（林譲氏・熊谷直実の出家と往生とに関する史料について：『吾妻鏡』史料批判の一事例・東京大学史料編纂所研究紀要・第15号参照）。結局出家の時期と動機は分からず、『平家物語』の、「それよりしてぞ、熊谷が発心の思

ひはすすみける」が正しいのです。

家督を譲るには嫡子直家がまだ頼りなかったのでしょうか、出家はしても遁世者《とんせいしゃ》ではなく、基本的には武士であったようです。その後、元久元年（一二〇四）十一月八日付けの「七箇条制誡《しちかじょうせいかい》」——諸宗の非難・圧力に対して、法然とその弟子百九十名が連署して誓った文書——に署名しています。この時点までには、恐らく武士であることを捨てて、法然上人の弟子になっていたと思われます。

敦盛の祖父忠盛は笛の名手で、鳥羽院から「小枝《さえだ》」——謡曲「敦盛」では「青葉の笛」——という笛を賜りました。それを父経盛から相伝し、一の谷の合戦の日の朝、敦盛が城中で吹いたのを、直実が聞いたのです。『平家物語』によれば、直実は書状を添え、敦盛の首と遺品を経盛のもとに送ったといいます。

五百年後の貞享五年（一六八八）初夏、芭蕉は須磨・明石を訪れ、

須磨寺や　ふかぬ笛きく　木下《こした》やみ　（笈《おい》の小文《こぶみ》）

と詠んでいます。「木下闇」（夏の季語）にいると、敦盛の笛の音が聞こえてきたのです。

解脱上人
――僧の理想像と説話

解脱上人貞慶の墓所
恭仁宮跡の北に位置する海住山寺境内
（2016年3月24日撮影）

奈良町の中将姫誕生の地を訪ねた午後、恭仁《くに》宮跡を一見するために、加茂町まで足を伸ばしたものの、三方を山に囲まれた野原と礎石をカメラに収めてこと足り、時間をもて余していたのです。が、少し歩くと、北方にある海住山寺《かいじゅうせんじ》への矢印があり、久保田淳氏の「海住山寺参詣記」（柳は緑花は紅・小学館所収）を思い出し、長い長い坂を一人で登り始めました。

「海住山寺参詣記」によると、自身は勅撰集に一首の歌も残すことなく終わった藤原長房（海住山寺入道）は、後鳥羽院の文学活動を陰で助けていたと思われる院の側近で、『新古今集』完成後の承元四年（一二一〇）、解脱上人（藤原貞慶《じょうけい》、一一五五～一二一三）の戒を受けて出家し、この寺に身を寄せたのです。

師の解脱上人は、平治の乱で殺害された、博学で著名な藤原通憲《みちのり》（信西《しんぜい》）の孫にあたる、法相宗の学僧です。当時の仏教界や寺院生活に批判的であったらしく、建久三年（一一九二）の春に隠棲を決意し、翌年秋に笠置寺《かさぎでら》に蟄居《ちっきょ》します。「末代有り難き顕賢」として期待を寄せていた関白九条兼実は、その隠棲を「是仏法滅相也。悲しむべし、悲しむべし」（玉葉・建久三年二月八日）と歎いています。承元二年（一二〇八）には、笠置寺から観音寺の廃址に移り住み、海住山寺と名づけて中興し、「末代之智徳」（玉葉・建久二年二月二十一日）、「人皆仏ノ思ヲ成シケル」（源平盛衰記・二十五）、「修学碩才名徳《せきさいめいとく》の人」（尊卑分脈）などと言われ、多くの人々から深く思慕された、僧の理想像なのです。

ところが、説話の世界では、少し異なります。まず、『古今著聞集』（一二五四年成）に、次の説話が載ります。

解脱上人のもとに、信濃といふ僧ありけり。いまいましきえせもの（所行のいかがわしい者）にてなん侍りけれども、上人慈悲によりて、おかれたりけれども、思ひあまりてや、硯のふたに歌をかかれたりける。

おそろしや　信濃うみけむ　ははきぎの　そのはらさへに　うとましき哉

この僧此の歌をみて、あからさまに（ちょっと）立ちいづるやうにて、ながくうせにけり。さすがに恥はありげにこそ。（巻五和歌）

この歌は、「恐ろしいことだ。信濃国の園原には箒木《ははきぎ》があるということだが、信濃という男を生んだ母親のその腹までもうとましく思われる」（西尾光一氏・小林保治氏・新潮日本古典集成）、あるいは、「恐ろしいことだ。信濃を嫌に思い、その腹悪しき様までも疎ましいと思う我が心は」（説話・第12号）と訳されます。仏教では、不瞋恚《ふしんい》といって、腹を立てることを戒めるのですけれども、ここには腹を立てる上人が描かれています。

同じ集にもう一話、遁世の後、叔父の覚憲に法文宗義《しゅうぎ》を問われ、

古《いにしへ》は　ふみみしかども　白雪の　深き道には　跡もおぼえず

（巻二釈教、「ふみ」に「踏み」と「文」とを掛ける）

と歌で答えて、議論のための議論は修行の妨げとなると、敢えて論争を避けたとも、遁辞を弄したともとれる話も載っています。なお、『続古今集』（一二六五年撰進）と『解脱上人明恵上人縁起絵巻』（鎌倉末期）では、別系統の類話になっています。

『古今著聞集』の撰者橘成季《なりすえ》は、智徳兼備の上人の、そうではない一面も書き留めておこうと考えたのでしょうか。それとも、ギャップのおもしろさを狙ったのでしょうか。

素顔の藤原定家

――病弱・貧困・官位昇進

定家図（霊元天皇拝領品）
（公益財団法人 冷泉家時雨亭文庫蔵）

一九七九年のＮＨＫ大河ドラマは、永井路子の『北条政子』を原作とする「草燃える」でした。その時の藤原定家の配役に、ひどく落胆したのを覚えています。

春の夜の　夢のうき橋　とだえして　峰にわかるる　横雲の空　（新古今集・春上）

見わたせば　花も紅葉も　なかりけり　浦のとまやの　秋の夕暮　（同・秋上）

これらの歌から想像する作者は、憂いを含んだ貴公子であってほしいものです。その後、由緒ある定家の肖像画を見て、今度は愕然としました。その俳優によく似ていたからです。もっとも、『源氏物語絵巻』に描かれた光源氏が、「寅さん」に似ているとはよく言われることですので、驚くに足りないことなのかもしれません。

容貌だけでなく、定家（一一六二〜一二四一）には歌のイメージとは随分かけ離れた側面があります。彼の日記『明月記』のキーワードは、「病弱」「貧困」「官位昇進」です。十四歳の時痲疹《はしか》に、十六歳の時には天然痘にかかり、あやうく死ぬところだったのですが、さいわい蘇生しました（安貞元年十一月十一日の条）。それが原因で、気管支喘息・尿路結石・関節リュウマチが持病になってしまったようです。悲観的で厭世的な人生観は、病気がちであったことの影響だと言われます。

定家には二十七人ぐらいの兄弟姉妹がいて、同じく二十七人ぐらいの子供がいます。母が亡くなり父には後妻がいる状態では、経済的な援助も期待できません。当時は律令制も崩壊していますので、朝廷から給料が支払われるわけでもなく、十数ヶ所にのぼる荘園からの上がりだけが収入源だったのです。その荘園経営も地頭の妨害があって思うに任せず、管理者に暴力的な悪僧を雇わなければならない時代でした。

我々の勝手な期待を裏切るのは、その猟官《りょうかん》ぶりです。ことに藤原兼子に対しては、みずから「追従《ついしょう》のために」（建仁二年二月二十二日の条）と書いているように、屈辱的です。藤原兼子とは、姉範子とともに後鳥羽天皇の乳母となり、後鳥羽院政が始まると急に官位が昇進し、「卿二位」と呼ばれた女性です。ところが追従もいっこうに功を奏さなかった時期があり、元久元年（一二〇四）の除目《じもく》に対しては、非人、放埓《ほうらつ》の狂者、尾籠《びろう》の白痴、漢字も書けないような連中ばかりが任官されたと、口汚くののしっています（四月十三日の条）。そして皮肉にも、兼子が失脚した後、順調な昇進を果たすことになります。ついに正二位の望みが達せられた時は、狂喜しています（安貞元年十月二十二の条）。

また、意外にも、定家は暴力沙汰を起こしたことがあります。殿上で、少将源雅行に嘲弄され、怒りを抑えることができず、脂燭《しそく》で雅行の顔をなぐったため、昇殿を停止されたのです（玉葉・文治元年十一月二十五日の条）。侍従定家二十四歳の時のこと。源雅行は十八歳ですが、位は定家より上です。普通の脂燭は長さ五十センチ、直径一センチぐらいのものですので、かなりのダメージを与えることができます。

四十一年後、この源雅行は、子息を私刑にした罪で朝廷から勘気《かんき》を蒙り、山城国外に追放されます。その事情は『明月記』に詳しく書かれています。六条朱雀に頸を切られた男女の死骸があり、男は侍従親行で、父の雅行が自分が切らせたことを公表したのです。下人の噂によると、女は藤原基忠の妻で、二人は密通していました。屍を見物する者が市を成します。雲上人たる者、武士ではないのだから、斬り殺すのはどうか、京中でいろいろ起こることは不可思議と言うしかない、と定家は歎いています。道行く人が見るに忍びず、樗《おうち》の木を折って女陰を覆ったそうです（嘉禄二年六月二十三日、二十四日の条）。

＊久保田淳氏・藤原定家・王朝の歌人9・集英社、堀田善衛氏・定家明月記私抄・新潮社、村山修一氏・藤原定家・吉川弘文館参照。

「百人一首」と宇都宮蓮生

――證空上人の存在

『**武家百人一首**』 元禄16年（1703）刊
あだにのみ　おもひし人の　命もて
はなをいくたび　惜みきぬらん　　蓮生法師
よしさらば　我とはさゝじ　海士小船
みちひく汐の　波にまかせて　　信生法師

坊主めくりで終わってしまう場合もありますが、ほとんどの日本人は「百人一首」のカルタで遊んだ経験があると思います。「百人一首」を撰んだのは藤原定家ですが、撰んでくれと依頼した人物がいます。鎌倉幕府の御家人宇都宮頼綱、出家して法名を実信房蓮生といいます。『平家物語』の哀話の中でも名高い「敦盛最後」に登場する熊谷次郎直実、法名蓮生と時代は重なりますが別人です。定家の日記『明月記』文暦二年（一二三五）五月二十七日の条によると、実信房蓮生の別荘が京都嵯峨小倉山の麓にあり、そこの襖に定家の筆になる色紙を貼りたいと切望されたということです。蓮生は歌人でもあり、『新勅撰和歌集』をはじめ、その後の勅撰和歌集に三十九首入集していますが、もちろん「百人一首」には撰ばれていません。けれども、江戸時代の「武家百人一首」には撰ばれています。

なぜ、一介の関東武者が、日本で最も著名な歌人に分不相応なお願いをすることができたのか。それは、定家の愛息為家《ためいえ》と蓮生の娘との間に、為氏《ためうじ》・源承《げんしょう》・為教《ためのり》の三人の男子が生まれているからなのですが、どうして、ミスマッチな婚姻が成立したのでしょうか。人脈をたどると、證空《しょうぐう》上人という人が浮かび上がってきます。

證空上人というのは、法然上人の有力な門弟です。内大臣源通親《みちちか》（村上源氏）の実子（猶子とも）で、天台座主《てんだいざす》慈円から西山善峰寺《よしみねでら》往生院を譲られ、浄土宗西山派《せいざんは》の祖となった人物です。系図で示すと左のようになります。

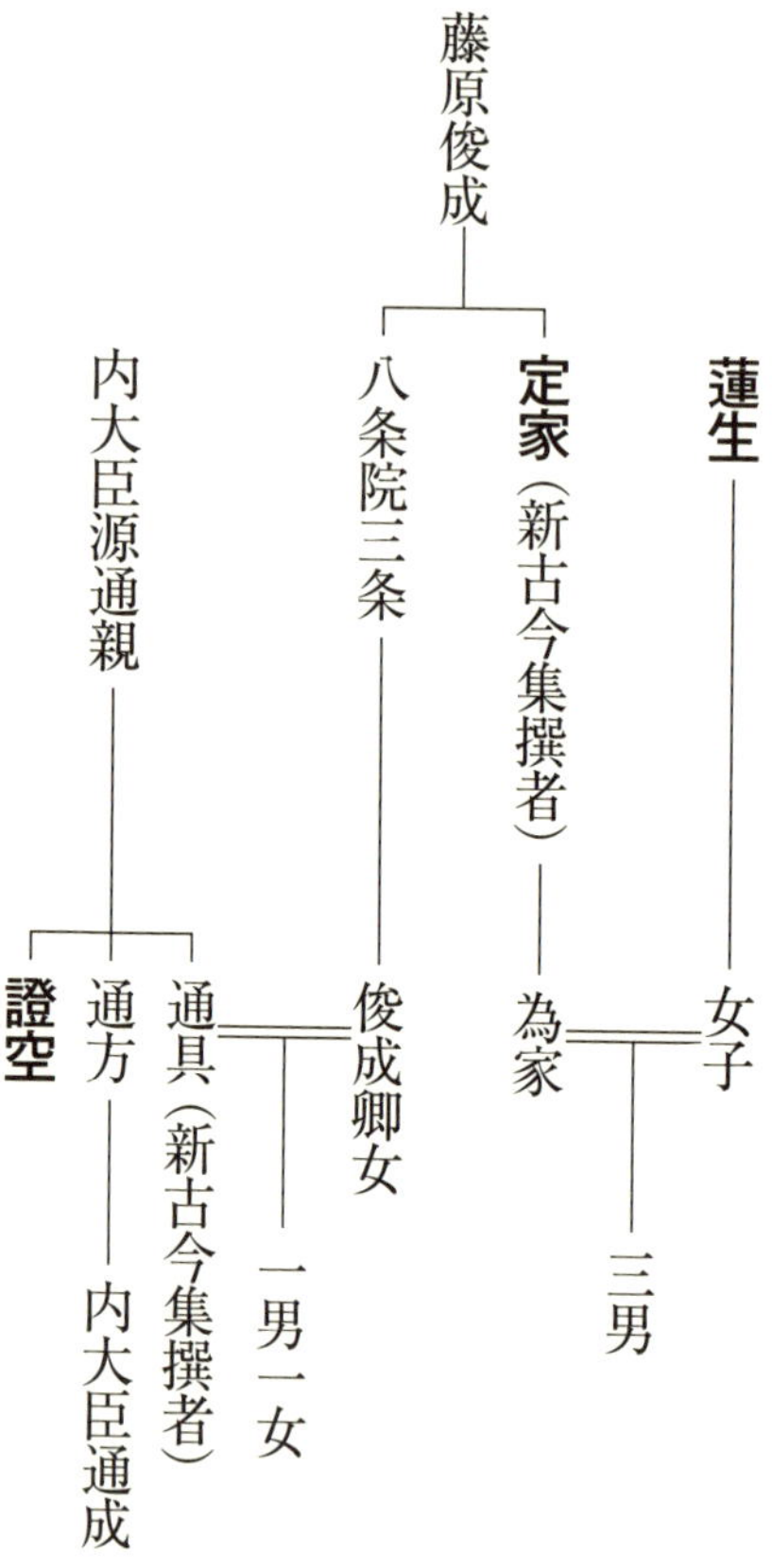

このように證空上人は、政治的にも、文化的にも、宗教的にも、日本の中枢にいる人たちとも近い関係にあったのです。一方、『明月記』安貞元年（一二二七）七月六日の条に、證空上人は蓮生の「随逐《ずいちく》之師」であると定家が書いています。蓮生は娘を通親の孫通成《みちなり》にも

嫁《とつ》がせていますので、師證空の仲立ちで縁談が成立したと考えられます。

為家の子孫が勅撰集の撰者になることが多かったため、宇都宮氏には勅撰歌人が非常に多いのです。ところが、為家が還暦を過ぎたころ、若い愛人ができて同棲してしまいます。お相手は、安嘉門院四条という才女。阿仏尼《あぶつに》という名のほうが知られています。やがて為相《ためすけ》・為守《ためもり》がうまれ、正妻（蓮生の娘）は捨てられてしまいました。阿仏尼は息子たちを守ることに必死で、土地と歌道の正統と歌書類とを為相に譲ることを、為家に強要したようです。

その為相の子孫が、今も京都に存続する「冷泉家」です。一九八〇年に、俊成・定家・為家以来の歌書を中心とする、国宝・重要文化財級の古典籍を襲蔵した「時雨亭《しぐれてい》文庫」が公開されることになり、朝日新聞社から「冷泉家時雨亭叢書」として出版されています。

筆者は、『信生法師集』という、蓮生の実弟塩谷朝業《ともなり》の歌集から文学研究の道に入りました。そこから、和歌だけでなく、各時代の広汎な諸相に目を向けることが出来ました。浅学菲才、あるいは無学文盲の身ながら、そうした中から興味を持っていただけそうな題材を拾ってここに綴らせていただくことにしました。

＊2009年1月号に初回掲載

「狭野の渡り」と「佐野の舟橋」

――混乱する歌枕

『和歌伊勢海』（享保五年刊）　**佐野舟橋　上野**
舟橋は、舟を並べて繫ぎ、
その上に板を渡して橋としたもの

『万葉集』の、

苦しくも　降り来る雨か　神《みわ》の崎　狭野《さの》の渡りに　家もあらなくに（巻三・奥麻呂《おきまろ》）

を本歌として、藤原定家は、

駒とめて　袖打ち払ふ　かげもなし　佐野のわたりの　雪の夕暮（新古今集・冬）

と詠み、本歌取りの手本とされました。本歌の「雨」を「雪」に変え、初、二句の感情表現を客観的な描写にし、旅の苦しさを主題とする万葉歌を、絵画的な歌に仕立て直している巧みさが称讃されたのです。なお、「陰」に馬の毛色「鹿毛」を響かせています。

奥麻呂《おきまろ》の「神《みわ》の崎にある狭野の渡り」は紀伊国（和歌山県）の歌枕です。しかし、『五代集歌枕』（平安末か）と『八雲御抄《やくもみしょう》』（鎌倉初期）は大和国（奈良県）とします。「神《みわ》」を大和の「三輪」と誤認したのです。平安時代末から鎌倉時代にかけて、基本的には久保田淳氏が言われるように、「歌枕は歌人共通の認識の下に成立するものである。……紀伊国の佐野は、大和国と誤られながらも、人々に記憶されていた」（新古今和歌集全評釈・講談社）のですが、それは限られた貴族社会の中のことで、西行法師に仮託した鎌倉時代の仏教説話集『撰集抄《せんじゆうしよう》』では、北陸道へ修行に行く時、武蔵野（埼玉県・東京都）と信濃（長野県）の間で、「さのの野辺には、袖はらふべき蔭もなしとながめ」（七の十四）ていることから、定家の歌の「佐野のわたり」を上野《こうずけ》（群馬県、七一五年以前は上毛野《かみつけの》）の歌枕だと考えていることが分かります。

上つ毛野　佐野の舟橋　取り離《はな》し　親は放《さ》くれど　我《わ》は離《さか》るがへ　（万葉集・東歌《あずまうた》）

（上野の佐野の舟橋の板をひっぺがすように、親は二人の仲をひき裂こうとするけれど、こっちは絶対離れないぞ。）

の「佐野の舟橋」と混同したのでしょう。

定家も作者の一人である「内裏名所百首」（一二一五年）の藤原忠定の歌、

佐野舟橋　上野

もらさばや　浪のよそにも　みわの**崎**　さのの**舟橋**　かけて**思**を　（松平文庫本・恋）

も、大和と上野が混乱しているようにも見えます。

桃山期以降、土佐派や狩野派や琳派で、「佐野渡《さののわたり》」という画題の、馬上の定家と従者の少年の絵が数多く描かれます。それらは、紀伊国と分かるもの、大和国と混同したもの、さらに舟橋を渡るところを描いたものもあります（加藤定彦・誹諧絵文匣注解抄・30定家・勉誠出版参照）。

最明寺入道北条時頼（一二二七～六三）の諸国回行説話を題材とした、謡曲「鉢木《はちのき》」では、定家の詠んだ古歌は「大和路や三輪が崎なる佐野のわたり」とし、シテ＝佐野源左衛門常《つね》世《よ》（実在の人物ではない）の居住地は「これは東路の佐野のわたり」としています。「狭野の辺《わた》り」が「佐野の渡り」となり、渡りなら舟橋があってもよかろうというので、享保五年（一七二〇）に出版された『和歌伊勢海』では、上野《こうずけ》の佐野の舟橋と明記した上で、馬上の定家と少年が描かれます。そしてついに、群馬県高崎市下佐野町に定家神社がつくられます。定家とは何の関係もない土地だと思われるのですが。

不破の関屋

――虚構の文学

不破の関　関守の家（三輪善四郎氏宅）
飯野哲二氏『芭蕉翁一代風土記』
（昭和 41 年 7 月・豊書房より転載）

「天下分け目の関ヶ原」古戦場の二キロほど南に不破の関跡があります。この関は、七〇一年にできた大宝律令で三関の一つに定められ、東山道の美濃（岐阜県）と近江（滋賀県）との国境を固めてきましたが、延暦八年（七八九）に廃されました。それから四百年後に詠まれた、藤原良経《よしつね》（一一六九〜一二〇六）の、

人すまぬ　不破の関屋の　板びさし　荒れにしのちは　ただ秋の風（新古今集・雑）

と、藤原信実《のぶざね》（一一七七〜一二六五）の、

秋風に　不破の関屋の　荒れまくも　惜しからぬまで　月ぞもりくる（新後撰集・秋）

とが有名になり、破れた板びさしから月の光が漏れるのが、不破の関屋のあるべき姿、つまり「本意」だと認識されるようになりました。

その風情を求めて、室町幕府第六代将軍足利義教《よしのり》（一三九四〜一四四一）が、旅の途中に立ち寄ったところ、美濃の国主が気を利かせて古い関屋を白木で作り替えていました。義教は機嫌をそこね、

葺きかへて　月こそもらね　板びさし　とく住み荒らせ　不破の関守（時しらぬふみ）

と詠みます。

ところが、この旅に同行した飛鳥井雅世《あすかいまさよ》は、

不破の関は苔むして、板びさしもしるしばかり見え侍りければ、

板びさし　久しき名をば　猶みせて　関の戸さゝぬ　不破の中山（富士紀行）

おなじく堯孝《ぎようこう》は、

不破の関すぎ侍りしに、もるとしもなき関のとぼそ、苔のみ深くて中々見どころあり。

戸ざしをば　幾世忘れて　かくばかり　苔のみとづる　不破の関屋ぞ（覧富士記）

とそれぞれの道の記に嘘を書いています。

江戸時代になると、芭蕉（一六四四～九四）は、

秋風や　藪も畠も　不破の関（野ざらし紀行）

西鶴（一六四二～九三）は、

住替て　不破の関やの　瓦葺　（独吟百韻自註絵巻）

と詠み、

月もるといへば不破の関屋も、今は瓦葺にしら土の軒も見え　（世間胸算用・巻五）

とも書いています。人口密集地江戸での火事対策ならともかく、関屋の屋根が高価な瓦葺きであったとは考えにくく、変化を際立たせるための虚構ではないでしょうか。文化二年（一八〇五）刊の『木曽路名所図会』巻之二には、藁《わら》葺きの関屋が描かれています。そして、昭和四十年頃の関守の家は写真のような状態だったそうです。

紀貫之が書いた『土左日記』は全編フィクションに充ち満ちています（小松英雄氏『古典再入門』）。また、差別と権力に抵抗した小説家井上光晴（一九二六～九二）の幼少時のあだ名は「嘘つきみっちゃん」で、彼が生前に記していた生い立ちや経歴は虚構でした（原一男監督ドキュメンタリー映画「全身小説家」）。平安時代から現代に至るまで、作家が書いた事柄に事実を期待するのは間違いで、虚構こそが文学であると考えた方がよさそうです。

僧侶の恋歌

――一生不犯か

「慈鎮和尚絵伝　良快僧正絵伝」と名付けられた絵巻物
（『思文閣古書資料目録―小特集 和歌―』平成21年7月より転載）

親鸞聖人の玄孫存覚（一二九〇～一三七三）の著書と伝わる『親鸞聖人正明伝《しょうみょうでん》』に、おもしろい記事が載っています。まだ親鸞が慈円《じえん》（死後贈られた勅諡号《しごう》は慈鎮《じちん》）の弟子であった正治二年（一二〇〇）秋九月、後鳥羽院から、「恋」の題で歌を詠むよう人々に仰せがあり、師の慈円も詠んで奉った。

我が恋は　松を時雨《しぐれ》の　染めかねて　真葛が原に　風さわぐなり

即詠の秀歌なので、人々が「これほどの名歌は、恋をする身でなくては詠めないはずだ。一生不犯《いっしょうふぼん》の座主《ざす》として、恋の渕瀬を知っているのはおかしいではないか」と批判します。慈円は「草木にものを言わせ、涙を流す禽獣を詠むのは歌道のならわしです。心の内に恋というものを知らなくても、つれない恋人を恨む歌をどうして詠まないことがあるでしょうか」と反論します。「それならば、僧侶が決して知るはずのないことを詠ませよ」ということで、「鷹羽雪」という題を下され、

雪ふれば　身に引きそふる　箸鷹《はしたか》の　徒前《ただざき》の羽や　白ふなるらむ

とすぐさま奉り、かえって和歌の名手としての評判を取った。「徒前」とは鷹をすえた左の手先のことです。

二首はたしかに「正治初度百首」に見えますが、鷹の歌の作者は、慈円ではなく藤原範光なのです（梅原猛氏は「親鸞再考13」で、作者慈円として論を進められました）。

雪降れば　身に引き添ふる　はし鷹の　手《た》な先の羽ぞ　白斑《しらふ》也ける　（範光）

と、下の句も少し違います。後に由阿《ゆうあ》（一二九一〜一三七五、時宗《じしゅう》二世他阿上人の弟子）が撰んだとされる『六華集《ろっかしゅう》』には、作者慈鎮と誤って入集させています。下の句は『親鸞聖人正明伝』とおなじく「たださきの羽やしらふなるらん」となっています。存覚は『六華集』を見たのでしょう。良くできた作り話なのです。

事実ではないとしても、僧侶の恋歌とは何なのかという疑問は残ります。「百人一首」の中には、素性法師「今来むといひしばかりに……」、道因法師「思ひわびさても命は……」、俊恵法師「夜もすがら物思ふころは……」、西行法師「嘆けとて月やは物を……」と四首も僧侶の恋歌が入っています。出家前に詠んだ可能性もありますが、藤原定家は、恋の歌の作者を「…法師」とすることに何の抵抗も感じなかったようです。また、『問はずがたり』には、後深草院（一二四三～一三〇四）の皇子を産んだ後、西園寺実兼《さねかね》と思われる公卿の女児を産んだ作者に恋情を訴え、一児を儲けた高僧（後深草院の異母弟性助《しょうじょ》法親王か）のことがあからさまに記されています。世間では、戒律を犯して女性と性的な交わりをもつ出家僧の存在がふつうに見過ごされていて、僧侶の恋歌は、稚児ではなく、女性に対する愛情を詠んだものだとの暗黙の了解があったと思われます。官僧（官僚僧）が遁世僧になる「二重出家」という言葉もあり、現実体験に基づかず、観念の中で趣向を凝らす「題詠」という和歌の手法もあり、恋歌を根拠に女犯をうんぬんすることはできないのですが。

興味深いのは、日本仏教の歴史上、はじめて女犯の禁制を破った浄土真宗（親鸞の子孫）の周辺で「一生不犯」が問題にされていることです。女犯という呪縛から解き放たれた浄土真宗だからこそ、書き留めることのできた説話なのでしょうか。

＊佐々木正氏・親鸞始記・筑摩書房、梅原猛氏・思うままに・親鸞再考13・東京新聞・２００８年４月22日参照。なお、この一章は、「真樹」２０１２年３月号に掲載されたものです。その時点で「雪ふれば」の歌の作者が慈円ではないことを、知人を通して梅原猛氏に指摘させていただいたのですが、残念ながら受け入れていただけず、「芸術新潮」２０１４年３月号に「親鸞の謎」を発表されました。

高野聖

――女犯を連想させる旅の僧

「**瀬戸内海 海辺繁盛絵巻**」（江戸初期写）に描かれた
黒い笈を背負った二人の**高野聖**
（思文閣古書資料目録　善本特集　第一輯より転載）

左　　高野聖

高野山《たかのやま》　修行せぬまも　宿かせと　坊をうかれて　花やたづねむ

右　　巡礼

負籭《おいずり》（＝笈《おい》）に　花の香しめて　中いりの　都の人の　袖にくらべん

（三十二番職人歌合）

これは、室町末期、職人を左右に分けて三十二番の歌合としたものですが、職人の和歌ではなく、貴族が手すさびに詠んだ和歌を番《つが》えたものです。この中に見える「高野聖《こうやひじり》」という職業が現在は消滅してしまったので、泉鏡花の代表作『高野聖』や、「高野乞食に宿貸いて、娘とられて腹がたつ」などという童謡から考えると、高野聖とは、女犯を連想させる旅の僧ということになるでしょうか。

鏡花の『高野聖』は、中国の明《みん》までの小説を集めた『古今説海《ここんせつかい》』に収められる、人間を驢馬《ろば》にかえる妖術を使う三十余りの年増美人を描いた『三娘子《さんじょうし》』にヒントを得たとされます。当然影響が考えられる、女が大蛇となって後を追い、道成寺の釣鐘に隠れていた安珍を鐘もろとも焼き殺したという、日本の安珍清姫の物語は、安珍が高野聖ではなく、熊野詣での若僧であるためか、あまり問題にされません。しかし、宗長(一四四八〜一五三二)が、

追ひつかん　追ひつかんとや　はしるらん
高野ひじりの　さきのひめごぜ　　宗長　(宗長手記)

と付け、『俳諧類船集』(一六七六年)に、「追懸《ヲイカクル》　高野聖《ヒジリ》」とあり、「追(笈)懸」と「高野聖」とは付合《つけあい》(縁のある詞)で、安珍は高野聖であると思い込まれていたことがわかります。

また、『高野聖』の主人公は、蛇の道と蛭《ひる》の森を通り抜けることにより、天然の霊水の恩恵を受け、蛭に吸われた傷を、「都にも希《まれ》な器量はいふに及ばぬ……衣服《きもの》を着た時の姿とは違うて肉《しゝ》つきの豊《ゆたか》な、ふつくりとした膚《はだへ》」の「何にしても和僧《あなた》には叔母さん位な年紀《とし》」の女に癒やされるのですが、ここは、「二河白道《にがびゃくどう》」の比喩が投影されているのではないでしょうか。二河白道《にがびゃくどう》とは、中国浄土教の大成者善導(六一三〜六八一)が『観経疏《かんぎょうしょ》』(散善義)で説いたもので、おそろしい火と水の二河に挟まれた細い白道を、西方浄土に至る道にたとえたものです。

というのは、高野山は真言密教の山として出発したのですが、のちに浄土往生と念仏信仰を根本信条とするようになったからです。江戸幕府の命令により真言宗に帰入することを強制されるまでは、高野聖の大部分は浄土教の一門である時宗に属していて、念仏札をくばりながら、勧進して歩いたのです。

ところで、高野聖の独特の笈は、現物が遺らないので、絵巻物から類推するほかはないのですが、「円形の背負い籠に黒布の幌覆《ほろおお》いをかけてある。しかも笈の足は後に一本、前に二本の三本足で、竹製である。この足は前足も後足も半弧のように反っていて、前足の先端を肩にかけて前に角のように突出する。軽量で肩にしっかり乗り、山野を歩くには便利だったろうとおもう」（五来重《ごらいしげる》氏・増補＝高野聖・角川選書79）というもので、この笈に、野辺の白骨や委託された遺骨を入れて高野へ運んだのです。

なお、五来氏によると、青年時代の親鸞聖人の、比叡山における堂僧という地位は、一定期間の苦行を積まなければならないものの、妻帯して世俗生活を営み、「聖人《しょうにん》」とよばれた俗聖《ぞくひじり》、すなわち高野聖に近いもので、肉食妻帯宗を親鸞の発明とする常識はまったくあたらないということです。

関白の別荘

――藤原基房男色に走る

松殿関白・藤原基房像

「天子摂関御影」摂関巻の一片

木幡《こはた》（京都府宇治市）に住んでいた頃、駅の東側に「ショウデンサンソウ」と呼ばれる手つかずの広大な地所がありました。ある時それが「松殿《まつどの》（藤原基房《もとふさ》、一一四五〜一二三〇）」の「山荘」であると気づき、基房に親近感を覚えました。木幡は、藤原氏一門の墓所で、今も陵墓群が残っています。

松殿基房は、摂政・関白忠通《ただみち》の息で、兄が急逝し、その嫡子が幼少のため、摂政・氏長者《うじのちょうじゃ》を継いだのです。ところが、平清盛（一一一八〜八一）と対立して失脚し、備前（岡山県）に流されます。翌年召し返され、入京した木曽義仲（一一五四〜八四）と結んで復帰を図りますが、義仲の敗死後は政治の表舞台から退いた人物です。

父忠通は幼少より和歌を好み、二十数名からなる忠通家歌壇と呼ばれる歌人サロンを主宰した人物で、勅撰集に六十九首も入集しています。ところが、基房は、

千とせふる　をのへの小松　うつしうゑて　万代《よろづよ》までの　ともとこそみめ

（千載集・賀歌）

の一首が載るだけです。和歌の才能は、『百人一首』、

おほけなく　憂き世の民に　おほふかな　わがたつ杣《そま》に　墨染の袖

（「おほけなく」は身分不相応に。「わがたつ杣」は、比叡山に根本中堂を建立したときの最澄の新古今歌「……わがたつ杣に冥加《みやうが》あらせ給たまへ」から比叡山のこと）

の作者である、弟の慈円が受け継いだようです。

ところで松殿基房は、系図に記されるだけで六人以上の女性との間に十九人の子供を儲けています（尊卑分脈《そんぴぶんみやく》）。にもかかわらず、男色《なんしよく》に走り、弟兼実の顰蹙《ひんしゆく》を買っています。兼実の日記に、

「民部権少輔《ゴンノシヨウ》宗雅来タリテ世間ノ事等ヲ談ズ。其中ニ関白（基房）少納言顕家ヲ愛スル間ノ事有リ。其ノ面貌ハ優美ナラズ、鍾愛《シヨウアイ》スルニ足ラザル人也。近日ハ他事無シト云々。」（玉葉・安元二年四月十四日）

と書いているのです。つまり、かおかたちが優美なわけでもないのに、兄の基房は藤原顕家

（一一五三〜一二二三）を非常にかわいがっていると、世間ではもっぱらの噂だというのです。当時の貴族社会では珍しいことではないのですが、三十二歳の基房と二十四歳の顕家とは男色関係にあり、顕家は現に異例の出世をしています。

男色相手の顕家は、美少年ではなかったかもしれませんが、勅撰集に七首入集する歌人です。

湖上ノ月といへる心をよめる

月かげは　消えぬこほりと　見えながら　さざなみよする　志賀の唐崎

（千載集・秋上）

そして、政治的に不遇であった時期に多くの歌書類を書写しています。中でも、元暦元年（一一八四）にみずから奥書（巻廿）を書いている『元暦校本万葉集』は、非常に価値の高いものとされています。ちなみに、同母弟の有家（一一五五〜一二一六）は『新古今集』の撰者の一人です。

松殿関白藤原基房は、八十六歳の時、木幡別荘で没しています（百練抄《ひやくれんしよう》、皇代暦《こうだいれき》）。

実材の母の信仰

――『観無量寿経』を学ぶ

白拍子
『鶴岡放生会職人歌合』

実材《さねき》の母（一二一三？～九二？）といっても、和歌の研究者以外は誰も知らない女性です。静御前と同じ白拍子《しらびょうし》で、『権中納言実材卿母集』という歌集をのこしました。白拍子出身の女性の歌集は他になく、詞書きから日常生活がうかがい知れ、研究者の間でとても注目されているのです。

白拍子は、高度な芸と売色とをなりわいとしたのですが、朝廷に所管され、貴顕の邸宅に推参して舞い謡《うた》ったらしく、貴族や上流武家の妻妾となることもありました。もうけた子が、太政大臣や権大納言や中納言、天台座主《ざす》になった例もあり、母が白拍子であることは、官位昇進のさまたげにならなかったことが分かります。

実材の母は、初め平親清（～一二七六？）、加賀守従五位下、二人の間には親時と五女がいる）、次いで、六十九歳くらいだった西園寺公経《きんつね》（従一位前太政大臣）の側室（実材と一女を生む）となり、公経の没後、親清の許に戻ったようです。

長生きしたこともあり、公経・実材（享年二十九）・親時・親清・二人の娘と死別しています。そのため、浄土への思いが強かったのでしょうか、娘の歌集によると、彼女は京都の西山に住んでいたことがあるようです。西山には往生院があり、法然上人の高弟證空《しょうぐう》上人

（一一七七～一二四七）と浄土宗西山派《せいざんは》の僧侶たちがいました。西山派は、『観無量寿経《かんむりょうじゅきょう》』（略して「観経」）という経典と、中国の善導が著わしたその注釈書『観無量寿経疏《しょ》』とを重んじたのですが、彼女は、この二つの書物を典拠として詠んだ和歌を何首も残しています。

この経典には、「王舎城《おうしゃじょう》の悲劇」という、親子の間で繰り広げられた悲劇の物語がまず語られます。王舎城は、ガンジス河南部にあった古代インドの国の首都の名です。アジャセ太子が、釈迦のいとこダイバダッタにそそのかされて、父のビンバシャラ王を幽閉し餓死させようとします。アジャセの母イダイケ夫人《ぶにん》は、王のもとへひそかに食物を運びますが、それを知ったアジャセは母をも幽閉します。イダイケは憂い憔悴して、王舎城にある小高い山、霊鷲山《りょうじゅせん》におられる釈迦に向かって教えを請います。

観無量寿経の心を

うき事を　思ひ知らずは　ながきよの　闇にややがて　迷ひ果てまし　（実材母集）

（イダイケ夫人は、あのようにつらい目に合うことがなければ、釈尊に救いを求めることもなく、長い夜の闇のような煩悩の世界に、そのまま死ぬまで

果てもなく迷うことになったのでしょうか）

と、最初、彼女はまだ確信が持てず、疑念を表す「や」を観経歌でしばしば用いています。そして、

「鵝鴨《があふ》水にあって水うるほす事あたはざるがごとし」（観無量寿経疏）と云事を

すみなるる　水にもぬれず　水とりの　うきにしづまぬ　のりのたのもし

（実材母集）

（「水鳥水に入るとも羽を濡らさず」のたとえのように、人間存在の不安や苦悩に染まることも、沈むこともない、仏法のたのもしさよ）

と、『観無量寿経疏』を学ぶころには、経典の理解と浄土教への信仰を深めてゆきます。証空上人遷化《せんげ》の時、実材母は三十五歳くらいです。直接教えを受けた可能性は低いのですが、西山派の僧侶の講筵《こうえん》に列したことは疑いないのです。

＊部矢祥子氏・実材母の観無量寿経歌をめぐって・北畠典生教授還暦記念　日本の仏教と文化・永田文昌堂参照。

名詞のきわめて多い歌

——実朝歌の万葉調

源　実朝
京都国立博物館蔵「公家列影図」

古来、万葉語を含む歌を詠んだ歌人は多いのですが、万葉調の歌を詠んだ歌人は、鎌倉幕府第三代将軍源実朝（一一九二〜一二一九）一人だと言ってもいいのではないでしょうか。

我が袖に　霰《あられ》た走《ばし》る　巻き隠し　消《け》たずてあらむ　妹《いも》が見むため　（万葉集・巻第十）

（私の袖に霰がぱらぱらと飛び散る。この玉を袖に包み隠して消えないようにしよう。あのこに見せるために。）の第二句、「霰た走る」に心引かれ、実朝は、

もののふの　矢並つくろふ　籠手《こて》の上に　あられたばしる　那須の篠原《しのはら》　（金槐《きんかい》集）

と詠みました。武士《もののふ》が、腰のエビラに差した矢のならび具合を弓手《ゆんで》（左の手）で確かめととのえているのです。左の肩先から腕をおおった籠手《こて》——布の袋に鎖をつけて仕立てたもの——に霰が勢いよく飛び散ります。那須野は、建久四年（一一九三）四月に父頼朝が巻狩を催した地です。その時の話を古老から度々聞かされていたのでしょう。絵画的でありながら動きが感じられる秀歌です。

実朝の歌の中でこの歌がことに万葉調というわけではないのですが、正岡子規（一八六七〜一九〇二）は、

「(もののふののの)歌は万口一斉《ばんこういっせい》に歎賞《たんしょう》するやうに聞き候へば、今更取り出でていはでもの事ながら、なほ御気のつかれざる事もやと存候まま一応申上候。この歌の趣味は誰しも面白しと思ふべく、またかくの如き趣向が和歌には極めて珍しき事も知らぬ者はあるまじく、またこの歌が強き歌なる事も分りをり候へども、此種の句法が殆ど此歌に限る程の特色を為し居るとは知らぬ人ぞ多く候べき。普通に歌はなり、けり、らん、かな、けれなどの如き助辞を以て斡旋せらるゝにて名詞の少きが常なるに、此歌に限りては名詞極めて多く、「てにをは」は「の」の字三、「に」の字一、二個の動詞も現在になり(動詞の最《もっと》も短き形)居候。かくの如く必要なる材料を以て充実したる歌は実に少く候。新古今の中には材料の充実したる、句法の緊密なる、ややこの歌に似たる者あれど、なほこの歌の如くは語々《ごご》(ひとことひとこと)活動せざるを覚え候。万葉の歌は材料極めて少く簡単を以て勝者《すぐれば》、実朝一方には此万葉を擬し一方には此の如く破天荒の歌を為す。其力量実に測るべからざる者有之候《これありそうろう》」

(八たび歌よみに与ふる書)

と評しています。和歌にはたった三十一文字しか使えないのですから、助詞や助動詞を省き、動詞の形もできるだけ短くすることにより、万葉的な「率直な表現」「張り切った力強い調べ」を実現することができたのかもしれません。

ちなみに、「百人一首」の、

世の中は　常にもがもな　渚こぐ　あまの小舟の　綱手かなしも

などは、二首の本歌の「常にもがもな」と「綱手かなしも」をつなぎ合わせただけとも言える歌でありながら、実朝独自のものとする力量は「実に測るべからざる者」です。

実朝は、鎌倉の鶴岡八幡宮で、兄の遺子公暁《くぎょう》（一二〇〇〜一九）に暗殺されます。承久元年（一二一九）一月二十七日のことです。明くる日、御台所（坊門《ぼうもん》信清息女）は即座に落飾しました。十五年間の結婚生活でした。この御台所は、実朝が十三歳の時、嫁となることがほぼ決まっていた足利義兼の息女を認めず、京都から公家の娘を是非にと迎えた女性です。足利義兼は、室町幕府初代将軍足利尊氏の祖先で、母は源頼朝の母と姉妹であるという、源氏の名門一族です。坊門家（藤原氏）は、後鳥羽院の近臣として隆盛を極めていた一族です。

史書『吾妻鏡《あづまかがみ》』によると、さらに、御家人百余輩が、薨御《こうぎょ》の哀傷に耐えず出家をしたと云います。臣下に慕われた将軍だったのです。

日蓮上人と阿仏尼

──佐渡の阿仏房と混同

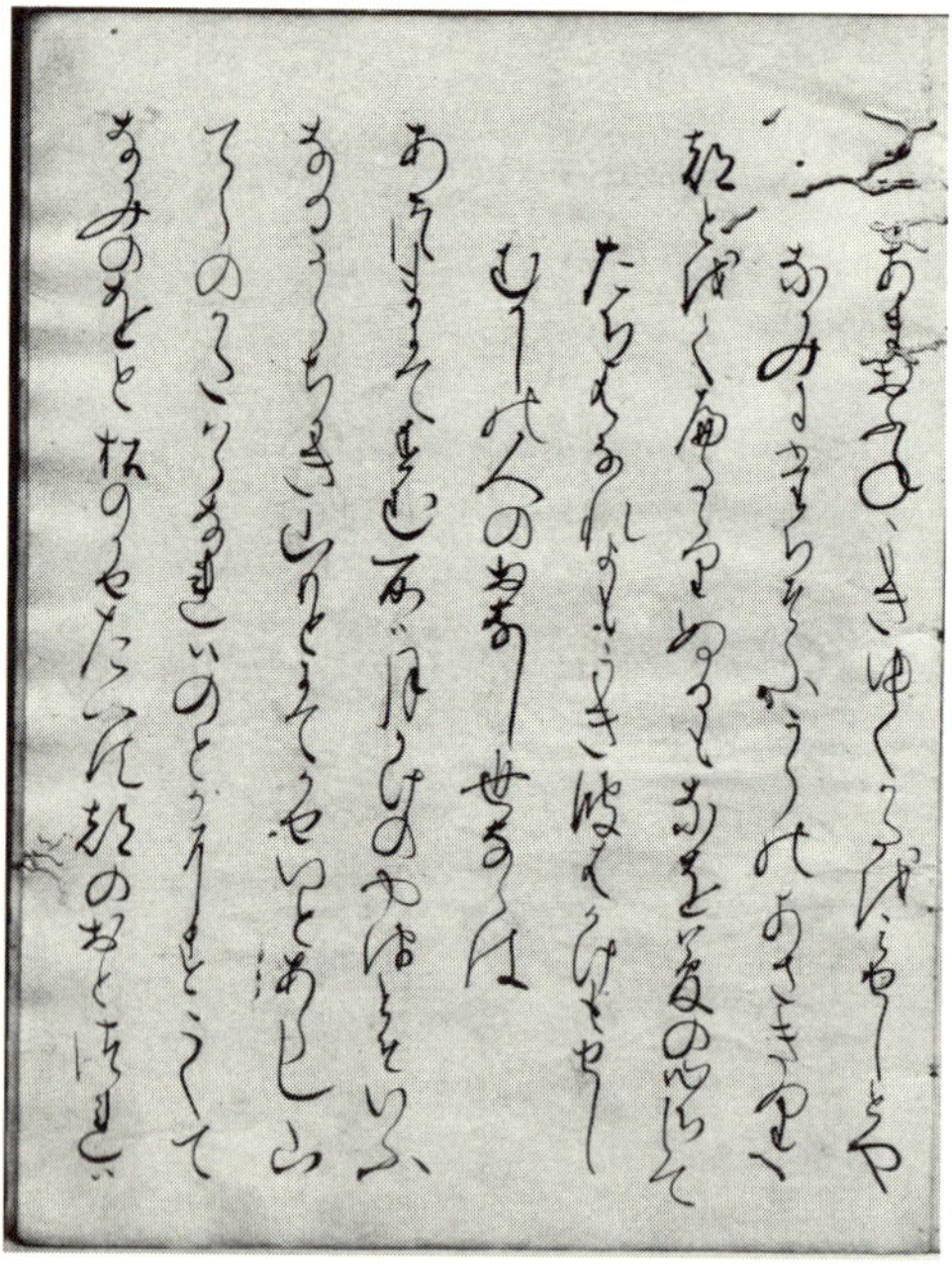

『十六夜日記』
江戸初期写本（6行目）
「あづまにてすむ所は月かげのやつとぞいふなるうらちかき山もとにてかぜいとあらし山でらのかたはらなればのどかにすごくて」

永正十一年（一五一四）に馴窓《じゅんそう》という関東の武将が編んだ『雲玉和歌集《うんぎょくわかしゅう》』に、

日蓮上人は、冷泉の母阿仏にまみえ、古今なども相伝あるにや、法師歌のやうにもなく、「悪鬼入其身」のこころを、

おのづから　よこしまにふる　雨はあらじ　風こそよるの　窓をうちけれ

とあります。馴窓は冷泉《れいぜい》家の門人と親交がありますので、単なる噂話を書き留めたものとも言い切れません。

阿仏（〜一二八三）は、藤原定家の息為家《ためいえ》の側室です。和歌の師範家である冷泉家の祖為相《ためすけ》（一二六三〜一三二八）らを生んだ女性で、『十六夜日記《いざよいにっき》』『夜の鶴』『うたたね』などの作者でもあります。わが子のために、粉骨砕身して事に当たった姿ばかりが知られますが、

さきの世に　たれむすびけむ　下紐の　とけぬつらさを　身のちぎりとは

（玉葉集・恋）

など、『続古今集』以下の勅撰集に四十八首入集する歌人です。弘安二年(一二七九)に領地相続問題訴訟のため鎌倉に下っています。吉良潤氏が「阿仏尼の父・法然信者『平度繁』」(深草教学・第二四号)で明らかにされたように、父平度繁《のりしげ》も度繁の二人の兄も、一二一二年時点で法然上人の門弟であったことから、阿弥陀仏の略「阿仏」を法名に持つ彼女も、法然浄土教の信奉者であったと考えられます。

日蓮聖人(一二二二〜八二)は、反浄土教の立場をとり、一二六一年に伊豆流罪となり、一二七一年に佐渡流罪に至るまでたびたび迫害や弾圧にあっています。一二七四年に鎌倉に戻されますが、五月には鎌倉を去って漂泊の旅に出、その後は身延山《みのぶさん》(山梨県)に隠棲しますので、阿仏尼から古今集の秘伝を授けられる機会はなかったと思われます。

しかし、ここに別の「阿仏」が登場します。佐渡に配流された順徳院(一二四二年没)の北面《ほくめん》の武士であった阿仏房(遠藤為盛か)です。浄土教の信者でしたが、佐渡に流されてきた日蓮に帰依し、自宅を寺とし、妙宣寺(日蓮宗、新潟県佐渡市)の開基となった人物です。そして、もう一つの「冷泉」もかかわってきます。日道上人(一二八三〜一三四一)が著わした『三師御伝土代《ごでんどだい》』に、日蓮の本弟子六人の一人である日興上人(一二四六〜一三三三)が、

「須津《すど》の庄の地頭冷泉中将（隆茂《たかもち》）に謁《えつ》して歌道を極はめ給フ」と記してあるのです。こちらの冷泉家は、定家の子孫の冷泉家とはまったく別の家で、隆茂は京都から下って、鎌倉幕府の「歌仙」に撰ばれたお公家さんです（吾妻鏡・弘長元年一二六一年三月二十五日）。

情報が錯綜しますが、阿仏尼と阿仏房、二つの冷泉家、日蓮と日興がそれぞれ取り違えられ、綯《な》い交《ま》ぜになって、『雲玉和歌集』の詞書きが生まれたのではないでしょうか。

また、文永八年（一二七一）の竜口《たつのくち》法難の時、刑場に連行される途中、袈裟を掛けたという「日蓮袈裟掛松」と、

「東《あづま》にて住む所は、月影の谷《やつ》とぞいふなる。浦近き山もとにて、いと風荒し。山寺（極楽寺）の傍《かたは》らなれば」（十六夜日記）

とみずから書いている「阿仏尼亭跡」とが非常に近いことも、伝承に信憑性を与えたと思われるのです。

足利尊氏騎馬像

——別人説の当否

足利尊氏像

『故小堀鞆音《ともと》翁遺愛品 並 某家蔵品展観入札』目録所載（思文閣墨蹟資料目録第 322 号・平成 11 年 4 月より転載）

＊文化庁蔵の守屋家本には像上の余白に息義詮の花押（書判）が書き込まれている

かつて教科書に載っていた尊氏像は、源氏の貴種であることからイメージする容姿とのギャップに違和感を覚えたものです。そういう単純な発想からかどうかは分かりませんが、昭和十二年に既に尊氏の像ではないという説が出され、今や否定説が主流となっています。しかしその根拠は薄弱で、決着を見ていないのが現状です。

あの、ざんばら髪は何なのか。それは佐藤進一氏が、

『太平記』（巻十四）には、尊氏が建長寺（鎌倉市）に入って、髪の元結《もとゆい》を切り隠遁の意を示したので、周囲の者が一計を案じて、たとえ隠遁しても、その罪をゆるさず、尊氏・直義《ただよし》をかならず誅伐せよ、という文面の綸旨《りんし》を偽作《ぎさく》して、尊氏に示したので、『サテハ一門ノ浮沈此時《コノトキ》ニテ候《サフラヒ》ケル』と言って出陣にふみきったとある。……いったん、元結まで切った尊氏がついに起って、道服を錦の直垂《ひたたれ》に着かえると、鎌倉中の軍勢が、『一束切《いっそくぎり》』といって、髪を短くして、尊氏の髪の異様さをまぎらそうとした、と書いている。……この画像は、尊氏が隠遁の意をひるがえして起ったこのときの出陣を記念すべく描かれたものではあるまいか。足利氏浮沈の関頭《かんとう》に立った尊氏の決断を象徴す

るのに、この髪形以上のものはないであろう。」(南北朝の動乱・昭和40年・中央公論社)

と指摘されるとおりです――否定派は何故かこの卓見を無視します――。この時の様子は、江戸時代初期作『太平記絵巻』(第五巻・国立歴史民俗博物館蔵)にも描かれています。そして、肩にかついだ抜身については、尊氏像の模写を収める、松平定信(一七五八〜一八二九)編『集古十種《しゅうこじつしゅ》』よりも古い、『絵本武者備考』(寛延二年一七四九年刊・西川祐信画)に収めるほぼ同じ構図の尊氏像の説明に、

「箱根竹《はこねたけ》の下《した》の合戦《かつせん》、官軍始《くわんぐんはじめ》いきほひつよかりければ、尊氏負軍《たかうぢまけいくさ》とおぼへけれども、少《すこ》しも気《き》をくつせず、みづから野太刀《のだち》をぬきもつて馬上《ばじやう》のはたらき、諸軍《しよぐん》に勇《ゆふ》をすゝめられける」

とあり、長大な野太刀を担ぐことにより、剛気と腕力とを誇示したことが分かります。というわけで、この騎馬像は、建武二年(一三三四)の尊氏(当時、三十歳)を描いたものと考え

るのが至当と思われるのです。

足利氏側から書かれた史書『梅松論《ばいしょうろん》』によると、竹の下の合戦で新田軍を破った尊氏ですが、翌年、賀茂の河原で新田義貞らに破れ、丹波の国（京都府）に逃げます。そこから摂津の国（兵庫県）に向かい、兵庫県加東市三草山をへて、明石市大蔵谷に到ります。

　世中騒がしく侍りけるころ、みくさの山をとほりて
　おほくらだにといふ所にて
　　　　　　　　　　　　　　前大納言尊氏
いまむかふ　方はあかしの　うらながら　まだはれやらぬ　わがおもひかな
　　　　　　　　　　　　　　（風雅集・旅歌）

「明るい」「明石の浦」に向かっても、心は晴れないわけで、打出《うちいで》西宮浜と瀬川河原で、楠木正成・新田義貞らと合戦して破れ、海路鎮西《ちんぜい》（九州）に逃げ去ります。征夷大将軍に任ぜられる（一三三八年）までの道程は長かったのです。

　　　　　　　　　　　　　　――２０１０年３月号に掲載――

＊相田満氏「騎馬武者像再考」（説話・第12号・２０１４年10月参照）。

中世の歌謡集

——鎌倉幕府の命による『宴曲集』

乱舞一声の絵師一家
『絵師草紙』
（右下の二人が謡っている）
（国立国会図書館デジタルコレクション蔵）

平清盛や、源頼朝・義経兄弟と同時代に生き、波乱に富んだ生涯を送った後白河法皇（一一二七〜九二）は、『梁塵秘抄《りょうじんひしょう》』という今様《いまよう》歌謡集を編んだことでも知られます。一部分しか残っていないのですが、その中には、

我《われ》を頼《たの》めて来《こ》ぬ男《をとこ》、角三《つのみ》つ生《お》ひたる鬼《をに》になれ、さて人に疎《うと》まれよ、霜雪霰《しもゆきあられ》降《ふ》る水田《みずた》の鳥《とり》となれ、さて足冷《あしつめた》かれ、池《いけ》の萍《うきくさ》となりねかし、と揺《ゆ》り、かう揺《ゆ》り、揺《ゆ》られ歩《あり》け　（巻第二・雑）

我《わ》が子《こ》は二十《はたち》に成《な》りぬらん、博打《ばくち》してこそ歩《あり》くなれ、国々《くにぐに》の博党《ばくたう》に、さすがに子《こ》なれば憎《にく》か無《な》し、負《ま》かいたまふな、王子《わうじ》の住吉西《すみよしにし》の宮《みや》　（同）

など、ふつうの人々の生活感情を生き生きと謡っているものもあります。

一方、東国でも、明空《みょうくう》（一三〇六年に六十余歳だった僧）が、『宴曲集《えんきょくしゅう》』という歌謡（早歌《そうか》）の撰集をつくっています。こちらには、

恋《こひ》すてふわが名《な》はまだき竜田河《たつたがは》 わたらぬ水《みづ》の涌《わき》てなど あやなく袖《そで》をぬらすらむ しらず幾世《いくよ》か玉《たま》の緒《を》の ながらへにける伊勢《いせ》の海《うみ》の あまの左右手肩《までかた》まてしばし をけらん露《つゆ》はいでて払《はら》はんとばかりの 情《なさけ》はよしや芦垣《あしがき》の 暇《ひま》こそなけれ仕《つかへ》つつ あのかへり見もせぬわがやどの 軒端《のきば》にしげる忍草《しのぶぐさ》の ……

（巻第三・竜田河恋・冷泉為相作・明空調曲）

のような長文の歌詞が採録されています。けれどもこれらの詞章は、『拾遺集』『古今集』『新古今集』『後撰集』『金葉集』『千載集』の秀歌のエッセンスをつなぎ合わせたもので、実際に見ているはずの東国の風景も、

…… かからずはかからましやは下野《しもつけ》や 室《むろ》の八島《やしま》にたえぬ煙《けぶり》 猶《なほ》たちかへりみてゆかん いかなる思《おもひ》の類《たぐひ》ならむ 草枕《くさまくら》ふけゆく夜はの秋かぜに あさの狭衣《さごろも》うつのみや月《つき》にね覚《ざめ》のすさみならむ ……

（同・覊旅・明空作）

と、文飾のお手本のような句をつらねていて、実景がありありと思い浮かぶような描き方はされていません。

このようにほんの一部を比べてみても、『梁塵秘抄』と『宴曲集』とは、同じ歌謡集と言っても随分異なります。後白河法皇が巷《ちまた》で謡われている歌詞をすべてそのまま記録しようとしたのに対し、明空は何を目的として『宴曲集』を編んだのでしょうか。明空は、同時代人や自分の作った歌詞に節を付けて、御家人やその周辺の人々を教導（唱導）しようとしたのではないでしょうか。そのための指導書のようなものだったのではないかと思うのです。しかもそれは、明空自身が「或は貴命により」（撰要目録巻・序）と記しているように、弘長元年（一二六一）、「関東近古詠」の撰進を後藤基政に命じたと同様（吾妻鏡《あづまかがみ》・七月二十二日）、鎌倉幕府の文化政策の一環だったと考えるのです。

東国には、明空のように広く古典に通じた僧侶もいたのですが、親鸞（一一七三～一二六二）が言うように、「ゐなかのひとぐ〜の文字《もんじ》のこゝろもしらず、あさましき愚痴《ぐち》きわまりなき」（唯信鈔文意・後記）という実情で、鎌倉幕府は、東国の民を都人のようにしたいと考えたのです。

禅と念仏

――浄土はあるか

永平寺　階段状の回廊
七堂伽藍はすべて板敷きの廻廊でつながっている
（1996年5月1日撮影）

山の端の　ほのめく宵の　月かげに　光も薄く　とぶ蛍かな　（新後拾遺集・雑春）

越前に永平寺を開いた日本曹洞宗（禅宗）の開祖道元（一二〇〇〜五三）の唯一の勅撰歌です。「回向返照《えこうへんしょう》」（廻らし返して自己を照らす）などの禅的な意味を読み取ることができるのでしょうか。その生涯が、２００９年１月に公開された映画「禅　ＺＥＮ」（高橋伴明監督、大谷哲夫氏『永平の風』〈文芸社〉原作）で描かれました。公開前後に、

「世間では阿弥陀さまにおすがりすれば、人は亡くなってからお浄土に往けるという教えがはやっているそうですが、本当に浄土はあるのでしょうか」（母伊子《いし》）

「私には分かりません。ただ人が亡くなってからお浄土に行っても仕方がないと思うのですが」（八歳の道元）

という台詞《せりふ》がラジオからしきりに流れた時期がありました。

大方の理解のように、法然（一一三三〜一二一二）の浄土教は、死んだら浄土に往けるという教えなのでしょうか。もしそうなら、乱世の鎌倉時代でも混迷の現代でも、「死んでから行っても仕方がない」という思いを抱くのはごく自然なことです。

元関白九条兼実（一一四九～一二〇七）の求めに応じて説かれた法然の『選択本願念仏集』（八）に、『観無量寿経』に云くとして、

「もし衆生あって、かの国に生ぜむと願ふ者は、三種の心を発《おこ》して、即便往生す」

とあります。原文は漢文で書かれていますので、「即便」は「そくべん」と読みますが、日本語で読むと「すなはち」です。「すなわち」は現代語では、いいかえればの意味で使われることが多いのですが、古語ではただちに、即座にの意でよく使われます。つまり、衆生が、至誠心《しじょうしん》（まことの心）・深心《じんしん》（阿弥陀仏を深く信じる心）・廻向発願心《えこうほつがんしん》（浄土に往生したいと願う心）をおこしたら、即座に往生できる、ということです。この「即座に往生できる」は、その瞬間に浄土に往けるとも、死後の往生が即座に決定されるともとれます。

法然の高弟證空（一一七七～一二四七）は、

「此世とは即便往生を云ひ、後生とは当得往生を云ふ也」（観経定善義他筆鈔・巻上）

「右の柱は即便往生也。寒き時衣を著し、飢うる時は食を得る、皆是往生の證也。……

即便往生は安心、当得往生は所期、即得往生は命終なり」（当麻曼陀羅注・巻第八）

と明言しています。三段階の往生があり、称名の瞬間に現身平生に衣食などの安心が得られる往生と、死後期待できる往生と、臨終の時の往生があるというのです。

『般若心経』には、ことばや文字には実体がない、実体がないと悟ったことにもまた実体がないということが説かれています。そして「老」や「死」も体の変化を表したことばに過ぎません。ましてや創作されたことばである台詞《せりふ》にこだわる必要は全くないのですが、この世で浄土を見る方法として、座禅か念仏か、それぞれが選べばよいということなのでしょう。宗教的な事柄は結局、「説き明かすべきことではありません。信ずればいいのです。」（時しらぬふみ）という熱田神宮の大宮司の言葉に行き着くのかもしれませんが。

なお、川端康成がノーベル文学賞受賞記念の講演冒頭に引用した、

春は花　夏ほととぎす　秋は月　冬雪さえて　冷《すず》しかりけり

が載る『傘松道詠《さんしょうどうえい》』（道元作）は、ごく一部の道元真作を核として、他人詠や仮託歌を収集したものとされています（武井和人氏執筆・和歌大辞典）。

鎌倉街道

――阿仏尼が歌を書きつけた地蔵堂

二村山峠地蔵尊

向かって左が大同二年制作の地蔵尊

豊明市《とよあけし》指定文化財

（2012年3月28日撮影）

呉服《くれはとり》　あやに恋しく　有りしかば　ふたむら山も　越えずなりにき

清原諸実《もろざね》

（後撰集・恋・絹織物の単位「二疋《ふたむら》」を掛ける）

よそにみし　小笹《をざさ》がうへの　白露を　袂にかくる　二村の山

前右大将頼朝

（続古今集・羈旅）

平安時代の人も、将軍頼朝（一一四七～九九）も越えた二村山（愛知県豊明《とよあけ》市、『延喜式』によると駅があった）は、東海道より内陸部にあります。山頂にある展望台からは、標高がわずか72メートルであるにもかかわらず360度の眺望がきき、『海道記』（一二二三年）の作者が、「優興《ゆうきよう》はこの山に秀で」と記した景勝の地です。鎌倉時代の人が、より平坦な最短距離である東海道を選ばなかったのは、風光明媚な道筋を求めたわけではなく、当時はそのルートが海あるいは低湿地帯で通行できなかったからです。等高線のない地図では分からないのですが、峠の雑木林に続く、高度の高い所につくられた舗装道路を歩くと、昔は海が迫っていたであろうということが実感できます。

『十六夜日記《いざよいにっき》』の作者阿仏尼《あぶつに》（～一二八三）も、この山を越え、

はるばると　二村山を　行きすぎて　なほ末たどる　野辺の夕闇

と詠み、地蔵堂に書き付けたらしいのです。阿仏尼の夫藤原為家に指導を受けた飛鳥井雅有《あすかいまさあり》（一二四一〜一三〇一）の紀行『春の深山路《みやまじ》』に、

鳴海（名古屋市緑区）の宿《しゆく》に着いた。この地蔵堂には、阿仏尼が歌を書き付けたから、見たいけれども、あまりに風が吹いて寒く、同行の人々がいやがるので、見ることもないまま通り過ぎた。今度通るときは必ず彼女の筆跡を確かめて、話の種にもこういうことがあったなどと都への土産《みやげ》として語ることにしよう。

と書かれていることからそう考えられるのです。ところが『十六夜日記』では、熱田神宮（名古屋市熱田区）に参詣して五首の歌を「硯取り出でて書きつけ奉」ったと記すだけで、二村山の地蔵堂には触れていません。二村山と鳴海宿、鳴海宿と熱田神宮は、それぞれ一里か一里半ほど離れています。地蔵堂と神社の違いも少し気になりますが、延暦二年（七八三）から八幡神が「八幡大菩薩」と称し（飯沼賢司氏『八幡神とはなにか』角川選書参照）、全国に

神宮寺があり、現代でも、神社とお寺、神と仏はさして区別されない神仏習合の国日本では、それはあまり問題にならないのではないでしょうか。熱田神宮には地蔵堂はなかったようです。阿仏尼か雅有の記憶違い、あるいは虚構かもしれません。が、何よりも、二村山には、背面に「大同二(八〇六年)」の刻銘がある地蔵尊が今も小さなお堂に安置されていて、文人が柱などに歌を書き付けるに、まことにふさわしい佇《たたず》まいなのです。

一般に鎌倉街道あるいは鎌倉古道と呼ばれるのは、鎌倉を中心として放射状に走る幹線道路のことです。各地から鎌倉に馳せ参じるための道路で、鎌倉時代は「鎌倉往還」(吾妻鏡)と呼ばれました。

鎌倉から地方へ向かう場合は、武蔵路、信濃街道、上州路などと異なる名で呼ばれています。

一方、京都から美濃路を経て東海道筋を東下し、足柄または箱根峠をこえて鎌倉に至る幹線道路も、江戸時代は鎌倉街道と呼んでいましたが、「京鎌倉往還」と呼ぶのが古く正しい呼び名のようです。それらの道筋は、推定による箇所が多いなか、二村山の峠は、九世紀初めの地蔵尊が祀られていて、古道であったことは確かなのです。

三保の浦松
――中世以後の名所

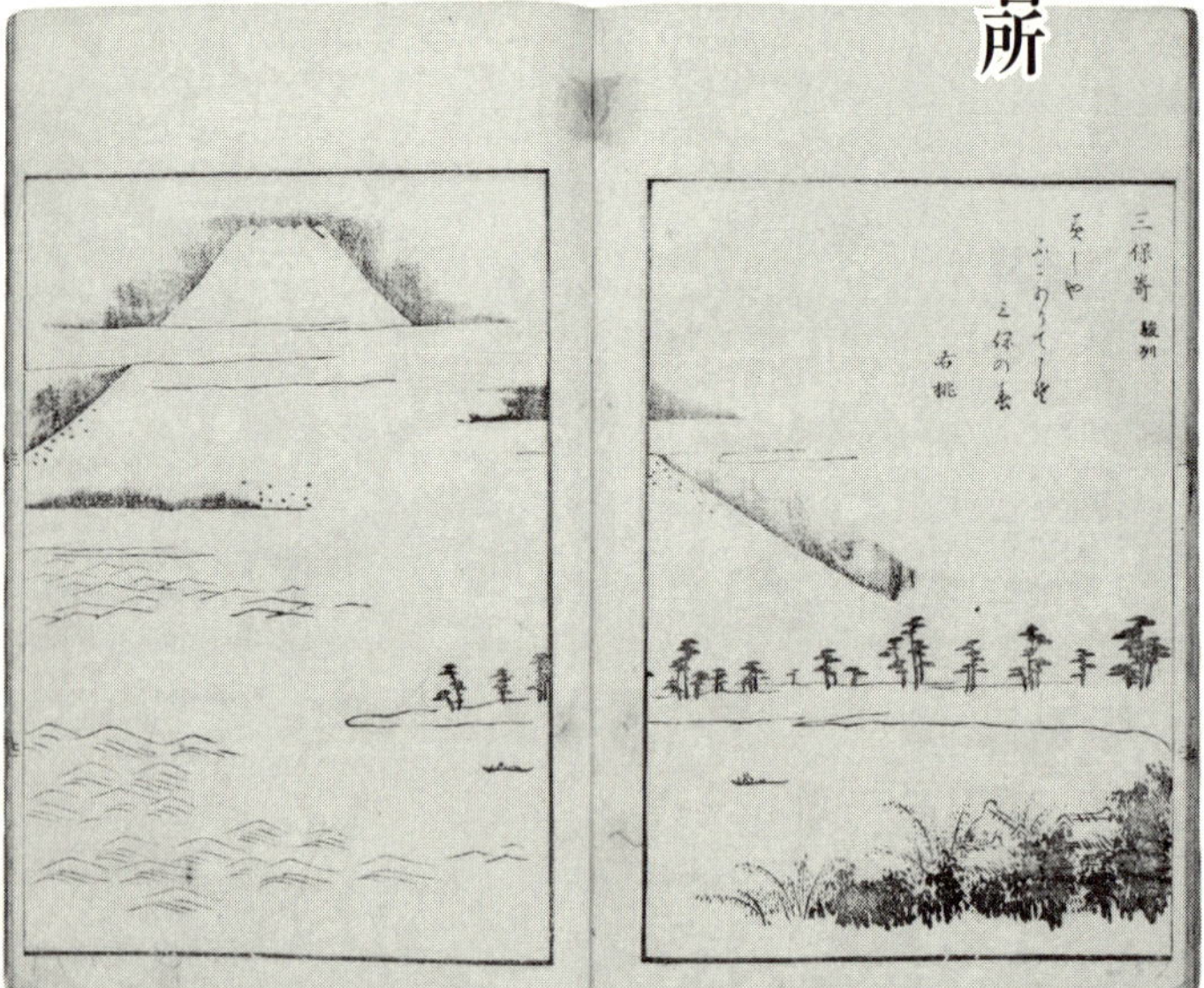

『**百富士**』 三・東海道
岷雪編画の絵俳書（1771 年刊）
三保崎 駿州　美しや 不二ありてこそ 三保の春　　右桃
（静岡県立中央図書館所蔵）

「富士山――信仰の対象と芸術の源泉」が世界文化遺産に登録される際、45キロ離れた三保松原《みほのまつばら》の文化的価値が認められるかどうかがニュースになったことにより、「三保松原」を知った日本人も想像以上にいたようです。

駿河国の三保は、『万葉集』に、

廬原《いほはら》の　清見の崎の　三保の浦の　ゆたけき見つつ　もの思《も》ひもなし　（巻三）

とあり、歌枕――現在は古歌によまれた諸国の名所のことを言いますが、本来は、和歌の典拠（＝枕）の事、また、それらを集めて解説した書物のこと――と認められるのですが、「松」が詠まれているわけではありません。いつごろから「三保」の「松」が詠まれたかというと、

わすれずよ　**清見が関の**　なみまより　**霞みて見え**し　みほの**浦松**
（続古今集・宗尊《むねたか》親王）

清見潟　波路の霧は　**晴れ**にけり　**夕日に残る**　みほの**浦松**
（玉葉集・北条宗宣）

と、鎌倉時代中期以後なのです。作者の宗尊親王は、鎌倉幕府六代将軍（一二五二年～六六

年在職）に迎えられた後嵯峨天皇の皇子です。後に謀反《むほん》の疑いで罪人として京都に送還されますが、『続古今集』は文永二年（一二六五）撰進ですので、京から鎌倉に下った時に見た風景をよんだものです。北条宗宣《むねのぶ》（一二五九〜一三一二）は、鎌倉幕府が京都守護に代わって置いた六波羅探題の長官です。このように「三保の浦松」は、鎌倉時代に、東西の交通が頻繁になり、実際に風景を見て感動した関東武士などによって語り広められたのではないでしょうか（沙弥蓮瑜集全釈・風間書房・「風さゆる」の歌の語釈及び参考参照）。そして、室町時代になると、

舟を漕ぎ出ださせて、三保の松原のほとりまで漕がせ、見れば少し隔つる山をいでて、浪の上より又富士を見侍るに、老の後の思ひ出これに過ぎ侍らじと思ひ侍る。

（正広日記《しょうこうにつき》・一四七三年）

と、三保の松原のむこうに富士を眺める景色を賞するようになります。さらに、各地にあった羽衣伝説を舞台化した謡曲「羽衣」で、伝説の地が駿河の三保に固定されたことにより、幻想的なイメージが加わり、名所として認知されるようになったのです。

ところで、「芸術の源泉」とは、西洋芸術の発展にも顕著な影響をもたらしたことが必要で、フランスの印象派（一八六〇年代）に影響を与えた葛飾北斎（一七六〇〜一八四九）と歌川広重（一七九七〜一八五八）の存在が重要です。北斎には「富嶽三十六景」シリーズ（文政中期〜一八三〇年）、『富嶽百景』（一八三四年刊行開始）があり、広重には「不二三十六景」（一八五三年）、「富士三十六景」（一八五九年）の錦絵シリーズ、『富士見百図』（病没のため二十図のみ・一八五九年）があります。

ところが、北斎や広重の絵画は、十九世紀の西欧人や現代の日本人が感じるように、まことにユニークなものであったのかというと、そうではなく、柳々仙果が、

「譬《たと》へば君錫子のは真《しん》にて、北斎叟《ほくさいし》のは艸《さう》の体《てい》なり。さらば一立子《りうさいし》（広重）のは行《ぎやう》にして固《かたか》らず」（富士見百図・序）

と記すように、君錫子（岷雪《みんせつ》。〜一七七七）が明和八年（一七七一）に刊行し、その後非常に流布したオーソドックスな『百富士』を手本として、崩したり砕いたりすることにより作り出されたものなのです。

驍勇無双の女人

――『吉野拾遺』に載る説話

『吉野拾遺』（天保十二年刊）巻一
「十　伊賀のつぼねばけ物にあふ事」

歌舞伎「篠塚五関破《ごかんやぶり》」（艤貢太平記《ふなよそおいみつぎたいへいき》）の主人公でありながら、今では全く無名になってしまった『太平記』の豪傑、篠塚伊賀守重広には、「伊賀の局」と呼ばれる娘（「篠塚家系図」。「星野家譜」によると妹）がいます。

南朝の説話集『吉野拾遺《しゅうい》』（巻一の十）によると、後醍醐天皇の寵妃阿野廉子《れんし》（一三〇一～五九）の御所に化け物が出るという噂があり、みなが恐れおののいていた頃、陰暦六月十日あまりのとても暑い夜、伊賀局が庭に降り立ち、

涼しさを　松吹く風に　忘られて　袂《たもと》にやどす　夜半の月影

と、「たれ聞く人もあらじとひとりごち」ます。すると、松の梢の上から、「ただよく心静かなれば即《すなはち》身もすずし」というしわがれた声がします。「誠にさてこそ有りけれ。さもあらばあれ。いかなる者にか有るらん。あやしく覚ゆるにこそ。名のりしたまえ」

「我は藤原の基遠《もととほ》にこそ侍れ（後略）」

と、翼をもった鬼のような化け物と、豪胆にも言葉を交わします。

ところで、この歌は、ひどく解釈のむつかしい歌です。歌は合理的であるべきだという訳ではないのですが、夏の暑い夜に忘れたいのは「暑さ」であって、「涼しさ」ではないのです。この歌を、「老いらくの恋」で知られる歌人、川田順氏（一八八二〜一九六六）は、

松風颯々《さつさつ》なるに涼しささへも忘られ、涼しいと云ふ事も通り越して、むしろ肌寒さを覚え、庭に佇《たたず》んでゐると、折からの月光が袖に映じる、の意。

（『定本　吉野朝の悲歌』養徳社・昭和二十年）

と訳しています。こういう意味だと言われればそうなのかと思ってしまいますが、非常に苦しい訳です。吉野朝の和歌はすべて「悲歌」として鑑賞すべきものでもありません。伊賀局の説話は、「悲」という範疇には入らないものです。なお、基遠の亡霊の句は『白氏文集』の詩句「但ダ能ク心静カナレバ即チ身モ涼シ」（巻十五・苦熱題恒寂師禅室）そのままです。

この局には、橋が欠け落ちた吉野川に丸木を架け渡し、廉子を背負って渡ったという説話（巻一の十一「同つぼねよしの川にて高名の事」）もあります。『吉野拾遺』の編者（あるい

は作者）の構想では、化け物をも恐れない怪力の女人が、誰も聞いていないだろうと、自信がないままあやしげな歌を口ずさみます。それを聞いた化け物は、そんな訳の分からない歌は駄目だ、白楽天のように詠まなければ、と鋭く指摘します。そして女人に、「なるほど、おっしゃる通りですね。不本意ですがそのようにしておきましょう」と、投げやりな態度をとらせることにより、その驍勇《ぎょうゆう》ぶりを際立たせたかったのではないでしょうか。この不思議な歌は、伊賀局が生涯に残したただ一首の歌ということになっているのですが、編者の作かもしれません。

ちなみに、この歌の碑が、安楽寺（茨城県常総市）の新田・篠塚供養塔の隣にあります。渡辺嘉造伊《かぞい》氏が川田順氏に『供養塔の栞』を贈ったところ、礼歌が届いたそうです（篠塚伊賀守重広とその末葉・りん書房・91年）。

南朝の　伊賀局の　ゆかりびと　あなめづらしや　文をたまひぬ

＊細谷清吉氏・新田義貞四天王　篠塚伊賀守重広・群馬出版センター参照。

謡曲「桜川」

――人身売買の悲劇

謡曲「桜川」の舞台となった**桜川**（茨城県桜川市磯部）
向こうに見えるのは筑波山（2007年4月1日撮影）

日向（宮崎県）の少年桜子《さくらご》は、貧窮のため、東国方の人商人《ひとあきびと》にわが身を売り、その身代金と手紙を母に渡してくれとたのんで、国を立ちます。悲しみのあまり狂乱した母は、行方を尋ねてあてもなく迷い出、三年後、常陸国（茨城県）に至ります。桜川に流れる花びらを網ですくう狂女を見ていた、磯部寺の僧の一行の中に、出家した桜子がいて、親子の再会がかない、二人は連れだって帰郷します。地《じ》では紀貫之の、

　常よりも　春べになれば　桜川　波の花こそ　間《ま》なく寄すらめ

　　（後撰集・春下では第四句「花の浪こそ」）

が謡われます。これは、子別れの狂女物といわれる、「特定の典拠はなく、当時普通の出来事に取材し」（日本古典文学大辞典）たとされてきた、世阿弥（室町初期の能役者・能作者。実名、元清）作の謡曲です。

　ところが、湯谷祐三氏「『閑吟集』「人買ひ舟は沖を漕ぐ」再考」（国文学　解釈と鑑賞・2010年12月号）によると、中世の人身売買文書には、両親が子を売ったもの――両親の名、子の年齢と名、代金が明記される――はあっても、子が我が身を売ったものはないそう

です。したがって、謡曲や御伽草子《おとぎぞうし》や古浄瑠璃などの文学作品に見られる、親の菩提を弔うための費用や、親の生活に資するために、子が自分自身を売るという設定は、世間の常態に反するものなのだそうです。

当時の普通の出来事に反する設定で、子別れの狂女物が多く作られ、享受されてきた理由は何か。湯谷氏は、観客の中の、現実に子を売った親は、その子を至高の孝子として聖化することによって免罪符を得、売られた子は、物狂いとなってまで子を探す母に、理想的な親の姿を投影して、絶望の生涯の中に幻の光明を灯したのではないかと言われます。

ところで、世阿弥は何故、桜川の近くに、磯部寺があることを知っていたのでしょうか。

磯部祐親氏『磯部稲村神社と謡曲桜川』（昭和五十年・私家版）に、

「将軍足利義教永享十年、時の関東管領《かんとうかんれい》足利持氏に、磯部大明神神主祐行『花見物語り』を献上。持氏、観世阿弥元清をして「桜川」を作さしむ。」

とあり、その『花見物語り』がいたく腐蝕したため（この理由が怪しいのです）、寛政（一七八九～一八〇〇）代の祠官山城頭祐続が書いた『花見噺　全』が、かわりに翻刻されています。永享十年（一四三八）、足利持氏に神主が『花見物語り』を献上し、持氏が世阿弥に「桜川」を作らせたというのです。磯部神社の神主が献上した『花見物語り』をもとにして作ったのであれば、「磯部寺」が登場する理由が理解できます。しかし、足利持氏は関東管領ではなく鎌倉公方《かまくらくぼう》であり、永享五年、将軍義教の怒りに触れて佐渡へ配流された世阿弥は、同十年にはまだ佐渡にいたのではないかと考えられます。そのため、磯部祐親氏の記される伝承は信憑性に欠け、『花見物語り』は、謡曲「桜川」を参考にして創作された可能性が高いのです。

磯部は、本拠は伊勢にあったとされますが、東日本で活動した海人《かいじん》の集団です（谷川健一氏・古代史ノオト・大和書房）。そのため、関東各地に磯部と名の付く地名や神社が散在します。しかも内陸部に多いのは、古代の海岸線を示す場合と、海の民から山の民へと奥に入っていった（宮田登氏・網野善彦対談集3・岩波書店）場合とが考えられます。

磯部神社の神宮寺は、古くは、磯部寺ではなく、「神精寺」（磯部稲村神社縁起書）と呼ばれたようですので、世阿弥は、関東によくある社寺の名として「磯部寺」を使ったのかもしれません。

今楊貴妃

——絵師岩佐又兵衛の母

豊頼長頤
三十六歌仙図「中務図」福井県立美術館蔵・重要美術品

織田信長から摂津（大阪府）一国の支配を委ねられ、秀吉とともに播磨（兵庫県）経略の主力として活躍した荒木村重（一五三五〜八六）は、天正六年（一五七八）冬、謀反を起こします。信長は有岡城（伊丹城）を攻め、一年がかりで落としますが、落城の直前、村重は妻子を捨て、秘蔵の茶壺を持って尼崎城に逃れます。二歳の子も乳母の手で救い出され、本願寺教団にかくまわれました（岩佐家譜《かふ》・一七三一年成）。

信長は懲らしめのため、郎党の男女五百人あまりを四つの家に閉じ込め焼き殺し、ついで荒木一類の者三十余人を京都の六条河原で処刑します。その中に、村重の妻「だし」二十一歳（二十四歳とも）がいます。この奇妙な名前は、「城の大手のだし《出》（本城から張り出した出城）にをき申女房」（立入左京亮入道隆佐記《たてりさきょうのすけにゅうどうりゅうさき》）の意で、本名は「ちよほ」です。だしは、「此の上は、更に荒木をも恨みず、先世の因果、浅ましきとばかりにて」歌をあまた読み置きます。その中の一首です。

残しをく　そのみどり子の　心こそ　おもひやられて　かなしかりけり

最期の様子は、「彼だしと申は、車よりおり様に帯しめなをし、髪高だかとゆいなをし、小袖のゑり押退て、尋常にきられ候。」と、『信長公記《しんちょうこうき》』巻十二に記されます。「きこへある美人」（同巻）「世ニ類《ルイ》無キ美人」（信長記・巻十二）「一段美人にて、異名は今楊貴妃と名づけ申候」（立入左京亮入道隆佐記）と、評判の美人だったようです。

だしの歌に詠まれた「みどり子」が、浮世絵の元祖といわれる天才画家岩佐又兵衛（一五七八～一六五〇）なのです（岩佐家譜、異説あり）。松本清張は『小説日本芸譚』で、道薫と号する茶人として秀吉に仕えている父との邂逅《かいこう》を設定します。

本願寺の顕如は、道薫が堺に還ったのをみて、二歳の時から匿《かくま》っていた子を彼に返した。……又兵衛が六歳の時であった。

「生きていたか」

と道薫は珍しいようにわが子の顔を見つめたが、無論、遁走《とんそう》の怱忙《そうぼう》の際に一瞥した嬰児に見覚えがある筈はなかった。道薫にしてみれば、四年前の厭な記憶が突然に顕れたようなものである。彼は多くの家臣を見捨て、妻子、女どもを見殺しにしてひとりで城を遁れたのであるから、黒い背徳の劣敗感が心の底にうずいていた。彼は妾腹のわ

が子を見るに忌わしい眼付をした。（小説日本芸譚・岩佐又兵衛）

そして大人になった又兵衛は「このやり切れない憂鬱を絵を描くことで遁げた」（同）のです。

ところで、岩佐又兵衛の代表作の一つに、義経説話に基づく「山中常盤物語絵巻《やまなかときわものがたりえまき》」（全十二巻）があります。その中の常盤殺しの、サディスティックでエロティックな諸場面は、みどり子のことを案じながら刑場に臨んだだしの姿を常盤に見立てていると言われます。それだけではなく、「常盤」「中務《なかつかさ》」（図版）をはじめ、岩佐又兵衛の人物画の特徴、頬がふくらんで唇の下が長い「豊頬長頤《ほうきようちようい》」は、乳母から幾度となく聞かされた母だしの面影そのものなのではないでしょうか。辻惟雄《のぶお》氏が「刑場での最後の様があまりにも毅然として美しかったので、目撃者の感動を誘い、美女の評判がいや増した、というところだろうか。」（岩佐又兵衛・文春新書）と言われるのも、現代人の美意識に悖《もと》る「長頤」の人物画と、だしとを重ね合わせて、正統派の美人ではないだしの顔を思い浮かべての感慨ではないでしょうか。

＊島田大助氏『近世はなしの作り方読み方研究――はなしの指南書――』（2013年8月・新葉館出版）参照。

ドンナ・マリアと次女龍子

――秀吉の愛妾の信仰

ドンナ・マリアの次女 **京極龍子**

（京都・誓願寺蔵）

室町時代の末期から江戸時代の初期にかけてキリスト教に改宗した大名の数は、五十家を下らないそうです。仏の教えと比べて、宣教師の説教が領主たちにとってよほど魅力的だったのかというと、そうではなく、南蛮貿易の利を求めた結果なのです。ですから、豊臣秀吉と徳川家康による禁教令下でも信仰を貫いた大名は数えるほどです。一方、一般の信者の数は、慶長十年（一六〇五）には七十五万人に達したといいます。

宣教師たちは、唯一の神デウスの教えに帰依することを勧め、慈善事業や矯風《きょうふう》活動を展開しました。戦国時代の性道徳の紊乱《びんらん》に対しても厳格で、一夫一婦制を主張し、受洗は妾を棄てることを条件としていて、結婚式のやり直しをしたキリシタン大名もいます。後嗣《こうし》を絶たないようにするという、領主たちの封建的観念とは相容れないものがあるのです。

近江上平寺城《じょうへいじじょう》に住した京極高吉《たかよし》（一五〇四〜八一）夫妻も、一五八一年にキリシタンに入信しています。夫人の霊名はドンナ・マリアです。日本語に通じるので、妙な名前だと感じられますが、イタリア語「ドンナ」は貴婦人の名に冠する敬称で、モーツァルトの歌劇「ドン・ジョヴァンニ」に出てくる女主人公の名もドンナ・アンナです。因みに、男性の場合は「ドン」で、セルバンテスの「ドン・キホーテ」とカルメンの「ドン・ホセ」が有名です。

ドンナ・マリア（〜一六一八）――京極マリアと通称されますが本名は分かっていません――は、受洗の数日後に夫を亡くしたため、子供たちや家臣に神仏の罰として恐れられましたが、その信仰心は非常に篤く、迫害下にも長男高次、次男高知（ジョアン）、娘（マグダレナ）を受洗させています。

ところが、次女龍子《たつこ》（〜一六三四）だけは例外でした。龍子は最初、若狭国（福井県）の守護武田元明（一五六二〜八二）に嫁ぎ、二男一女を生みます。しかし夫が山崎の戦いで討たれ、秀吉の側室となります。肖像画から分かるように大層美しい女人ですので、秀吉は敢えて元明を殺したのかもしれません。側室としての龍子は、慶長三年（一五九八）三月十五日の醍醐花見の際、寧々《ねね》、淀君についで第三番目の輿に乗っています。

その秀吉が文禄三年（一五九四）四月二十二日に、龍子を有馬に入湯させることについて書いた、

おふくろをつれ候て、御いり候べく候。いらざるものは一人もむやうにて候。

という手紙が残っており、宣教師の報告書などからも、マリアと龍子の母娘は一五八二年

から一六〇六年までの間共に暮らしていました（渋谷美枝子氏・京極マリア夫人・青山玄教授退任記念　キリシタン論文集　歴史・文化・言葉・名古屋キリシタン文化研究会）。しかし、秀吉がすでに一五九八年に亡くなっているにもかかわらず、マリアは龍子を入信させることが出来なかったのです。

龍子の墓は、現在豊国廟《とよくにびょう》（京都市東山区）にありますが、かつては誓願寺（浄土宗西山深草派、京都市中京区）にありました。また、誓願寺は天正十八年（一五九〇）、龍子の助力を得て堂塔を再興しています。華やかな愛妾の生活を送りながら、みずからの人生を振り返った時、浄土への思いは強烈だったのでしょう。

ちなみに、『京羽二重織留』（一六八九年刊）に、「（龍子は）秀吉公の愛妾《あいせう》にして、始は若狭の国武田元明《もとあきら》の室たり。長嘯子《ちょうしょうし》を生《うめ》り」（巻之五）とあります。長嘯子（一五六九～一六四九）は、寧々の兄木下家定の嫡男とされる、この時代のもっとも著名な歌人です。元明との子だとすると、年代が合わないので事実ではないと思われます。長嘯子を京極家という名門に結びつけたかったのでしょうか。

＊次章参照。

寧々の甥、木下長嘯子

――斬新な和歌

高久隆古　納涼図（部分）
（思文閣墨蹟資料目録　第442号より転載）

夕顔の　棚の下なる　ゆふすずみ　男はててら　妻《め》はふたのして

「ててら」は褌《ふんどし》、「ふたの（二布）」は腰巻のことです。庶民の安穏《あんのん》な生活を詠んだ古歌で、元和九年（一六二三）に書かれた『醒睡笑《せいすいしよう》』（五之巻・人はそだち）などに載っています。この歌は、画家の絵心を惹いたらしく、久隅守景《くすみ》（〜一七〇四）・高久隆古《たかくりゆうこ》（〜一八五八）・浮世絵師月岡芳年（〜一八九二）などが題材として描いています。久隅守景の「夕顔棚納涼図屏風」は国宝で、記念切手にもなりました。

歌の作者は、西行（一一一八〜九〇）だという滝沢馬琴の説もありますが（一八一〇年刊・夢想兵衛胡蝶物語・後編巻四）、根拠はありません。同じ頃、考証学者屋代弘賢《やしろひろかた》（〜一八四一）が、この歌を『長嘯子集《ちようしようし》』（輪池《りんち》叢書本）に入集させました。そしてその後は、何となく長嘯子の歌であろうということになってしまいました。

木下長嘯子（一五六九〜一六四九）は、太閤秀吉の北政所《きたのまんどころ》寧々《ねね》の甥です（寛政重修諸家譜《かんせいちようしゆうしよかふ》・豊臣氏）。秀吉に仕え、小田原征伐、朝鮮出兵などに従った武将なのですが、関ケ原の戦いで、伏見城を預かりながら任務を放棄した責任を問われ、失脚してしまいます。剃髪《ていはつ》後は一遊民として京都の東山や西山に隠棲し、失脚領主としての立場を逆手にとり、自由、清新な和歌を詠みます。その交友関係には、近世朱子学の祖藤原惺窩《せいか》、林羅山、茶道の小堀流の祖小堀遠州、落語の祖と言われる安楽庵策伝、貞門俳諧の祖松永貞徳、詩仙堂の主石川丈山、書家として知られる松花堂昭乗と、錚錚たるメンバーがそろいます。芭蕉や其角が顕著な影響を受けていることも周知の事実です。「特にその和歌は、堂上《とうしょう》歌壇の衰退を補う位置にあって、貞徳とともに歌壇を二分する観があった。……近世和歌は、彼から始まったといってよい」(松田修氏執筆・国史大辞典)のです。

彼の歌文集『挙白集《きょはくしゅう》』によると、

「ただ和歌は詠むことの難《かた》きにあらず。心を歌になすことの難きなるべし」

「いたづらに工夫を費《つい》やすことなかれ」

と言い、言葉は口にまかせ、しかも人の詠んだことのない姿をうつすのだと説きます。尋旧坊という人が慶安三年(一六五〇)に著わした歌学書『難挙白集』に長嘯子自讃の歌と伝える、

よもの空は　ふけしづまりて　花の上に　ただおぼろなる　月ひとりのみ

（挙白集）

は、第二、四、五句などが口にまかせた斬新な句で、芭蕉の、

しばらくは　花の上なる　月夜かな

（俳諧撰集・初蝉）

は、この自讃歌の影響を受けているようです。また、

山深く　住める心は　花ぞしる　やよいざ桜　ものがたりせむ

と詠んだところ、西山の里の子が面白がって「やよいざ桜」と囃し立てたといいます（挙白集・西山山家記《さんかのき》）。

長嘯子はこのように、伝統的な歌句にとらわれず、見たまま感じたままを素直に言葉にする歌人ですので、屋代弘賢が「ててら」の歌の作者だと思い込んでしまう可能性がおおいにあったわけです。

Ⅲ　近世

出雲のおくに

——見飽き候

出雲お国墓　島根県出雲市大社町杵築北
（2008年8月7日撮影）

歌舞伎の祖として誰もが知っている出雲のおくに（〜一六一三年以後）の出自は、多くの研究者がそれぞれの仮説を立てているものの、結局、「出雲大社の女神子《みこ》と称するおくに」以上のことは分からないのです。では、何を根拠にして、島根県出雲市大社町杵築北《きづききた》の中村家の墓地にお墓がつくられたのかというと、幕末以降に俗書類を参考にして作成された千家（大社の宮司）の記録「千家七種」の中の『出雲阿国伝』にある、

出雲大社宮鍛冶職中村三右衛門ガ女ニシテ、巫子国女ト云ヘルハ（普通書ニハ小村トアリ……）、永禄ノ頃、大社修復ノ為諸国巡回セシニ、容貌美麗ニシテ然モ神楽舞ニ妙ヲ得タレバ人皆是ヲ称ス。後京都ニ昇リ、……

の記事によったものなのです。国女は出雲大社に属する鍛冶職中村（小村）三右衛門の娘で、自身は大社の巫女だというのです。なお、お国の名は、古くは「クニ」（時慶《ときよし》卿記・一五九七年七月一日）と記されています。後世、女性や子どもの名に冠する愛称「阿《お》」（「阿《ア》」の和訓）をつけて「阿国」と書くことが多くなりました。

「容貌美麗」も事実に反するらしく、『当代記』（一六〇三年四月）に、「出雲国神子　名ハ国、

但シ好女（美人）ニ非ズ」とありますす。容貌は美しくないと明記されてしまったのです。他の日記類でも、美貌の持ち主であると記しているものはないようです。
おくに一座は初めの頃、「ややこおどり」と呼ばれる踊りを二人組の童女に踊らせました。

小夜の寝覚めの暁は飽かぬ別れの鳥も鳴く
抱いて寝る夜の暁は離れがたなの寝肌《ねはだ》や

（『おどり』寛永頃写・天理図書館蔵）

こういう艶っぽい歌詞で、十歳前後の少女が大まじめに踊ることにより、見物人の喝采を浴びたようです（小笠原恭子《きょうこ》氏・日本芸能史4・法政大学出版局）。

はかなしや　かきにかけては　なにかせん　こころにかけよ　みたのみやうから
なむあみた仏　なむあみた

（京大本『国女《くにじょ》歌舞妓絵詞』）

これも、おくにが歌いながら踊ったと考えられるものです。小笠原氏は「念仏は『鉤』にひっかけたって何もならないよ。心にかけて唱えなければ」と落としていると言われますが、それだけで大いに受けたとは思えません。「かぎに掛ける」には、巧みなことを言って人をだますという意味もありますが、「歌妓《かぎ》」ととって、この舞台で歌っている私に念仏を投げかけても無駄だよ、と訳してみてはどうでしょうか。阿国歌舞妓は、中世の「憂き世」を転じて近世の「浮き世」と悟り、仏教が娯楽と混淆《こんこう》する時代に、宗教性と娯楽性を兼ね備えた舞台芸能として生まれたものです。「憂」か「浮」か、深刻か滑稽か、どちらかと言えば、時代を先取りする芸態だったのではないでしょうか。

かぶきの開祖として自ら天下一と号したおくにですが、

一日二日見候ものは、何も見あき申候。毎日同じ事計《ばかり》を致たる故、人の見あき候も尤に候。（慶長自記）

と、見飽きられてしまいます。そして、「容姿の美しさがものをいう艶麗な小歌おどりに限界を感じていたゆえに、年齢による容色の衰えをカバーしうる男装という発想を得た」（小笠原氏）のです。なお、江戸時代初期の人は、「当世異相」（当代記・一六〇六年六月）の人を「かぶきの衆」と呼んでいます。

この世の極楽、あの世の地獄

――無間の鐘

粟ヶ岳（静岡県掛川市）
（2011年9月9日、バス停「東山」から撮影）

西行法師の歌、

あづまの方にまかりけるに、よみ侍ける

としたけて　又こゆべしと　おもひきや　命なりけり　さやの中山（新古今集・羇旅《きりよ》歌）

に惹かれて、東海道線金谷《かなや》駅から「小夜の中山」を訪ねたことがあります。峠に立てられている歌碑は何とも無粋な大円柱で、幻滅して日坂宿《につさか》に下りました。

最近、西鶴の『世間胸算用《むねざんよう》』（元禄五年一六九二刊）に、次の一文を見つけました。

「今の悲しさならば、たとへ後世《ごせ》は取はづし、ならくへ沈むとも、小夜《さよ》の中山にありし無間《むげん》のかねをつきてなりとも、先《まづ》此世をたすかりたし。目前《もくぜん》に福人《ふくじん》は極楽、貧者《ひんじや》は地ごく、釜の下へ焼《たく》ものさへあらず。扨《さて》も悲しき年のくれや」（巻三・小判は寝姿の夢）

この無間の鐘のことは、歌舞伎の所作事《しよさごと》（踊りの場面）の趣向（金欲しさに無間の鐘になぞらえて手水鉢《ちようずばち》をたたく）として利用され、浄瑠璃「ひらがな盛衰記《せいすいき》」（元文四年一七三九初演）で、その趣向（工夫）が評判となります。菱川吉兵衛（師宣《もろのぶ》）が描いた『東海道分間絵図』（元禄三年刊）にも、「あはかたけくわんをん　むけんのかね（粟ヶ岳観音　無間の鐘）」（巻之三）と、絵図に説明があります。江戸時代は、小夜の中山といえば、撞けばお金持ちになれる無間の鐘で知られたのです。

『日本鹿子《にほんがのこ》』（元禄四年刊）によると、遠くの村からもこの鐘を撞きに来る者が多く、明応年中（一四九二～一五〇一）に観音寺（粟ヶ岳観音）の住職が、人々を悪道に引き入れることはこの寺末代の誤りであると、あたりの古井戸にこの鐘を埋めたのです（巻第六）。その井戸が今もあり、「無間の井戸」と呼ばれているというのです。そこで、この九月に、粟《あわ》ヶ岳を目指しました。

掛川駅からバスで終点東山まで三十分ほど。降り立つと、標高五三二メートルのお椀を伏せたような形の山が仰がれます。細くて急峻な山道を登ること約一時間。朽ち果てた観音寺、旧阿波々《あわわ》神社（『延喜式』神名帳所載）への石段、杉の大木、驚歎に価する磐座《いわくら》群、昭和六十二年移築の社殿、そして無間の井戸にたどり着きました。小夜の中山からは四、五キロも離れたところにある山だったのです。

恐らく古代人は、山頂近くの圧倒的な巨石群に霊気を感じ、そこで祭祀を行い、粟の穀霊を祀ったのでしょう。その後阿波々神社の神宮寺として観音寺が創建され、中世、庶民の間に広まった観音信仰に便乗して、「無間の鐘」伝説が捏造《ねつぞう》されたのではないでしょうか。三河（愛知県）の人の随筆『煙霞綺談《えんかきだん》』（明和四年一七六七序・巻之一）によると、観音寺は、「遠江《とおとうみ》三十三観音霊場」の第二十三番目です。

新社殿の近くにある塞がれた井戸も、『土佐日記』で、風波を沈めるため、「眼《まなこ》もこそ二つあれ、たゞ一つある鏡を奉る」と、当時の貴重品である鏡を海に落とし入れたように、井戸に鐘を沈めて水神に雨乞いをする風習があったことから考えついて、人寄せのために作ったのだと思われます（野本寛一氏「阿波々神社」・谷川健一氏編・日本の神々・神社と聖地10・白水社参照）。

住職が梵鐘を沈めた後も、その井戸に榊の枝を切ってさかさまに入れたら鐘を撞くのと同じご利益があるというので、榊が絶えなかったそうです。

＊山崎裕人氏「小夜の中山略縁起の諸本――略縁起間の比較を中心として――」（説話・第10号）、同氏「小夜の中山略縁起の一本（文化二年刊本）について」（説話・第12号）参照。

俳人から歌人へ

―田捨女の生涯

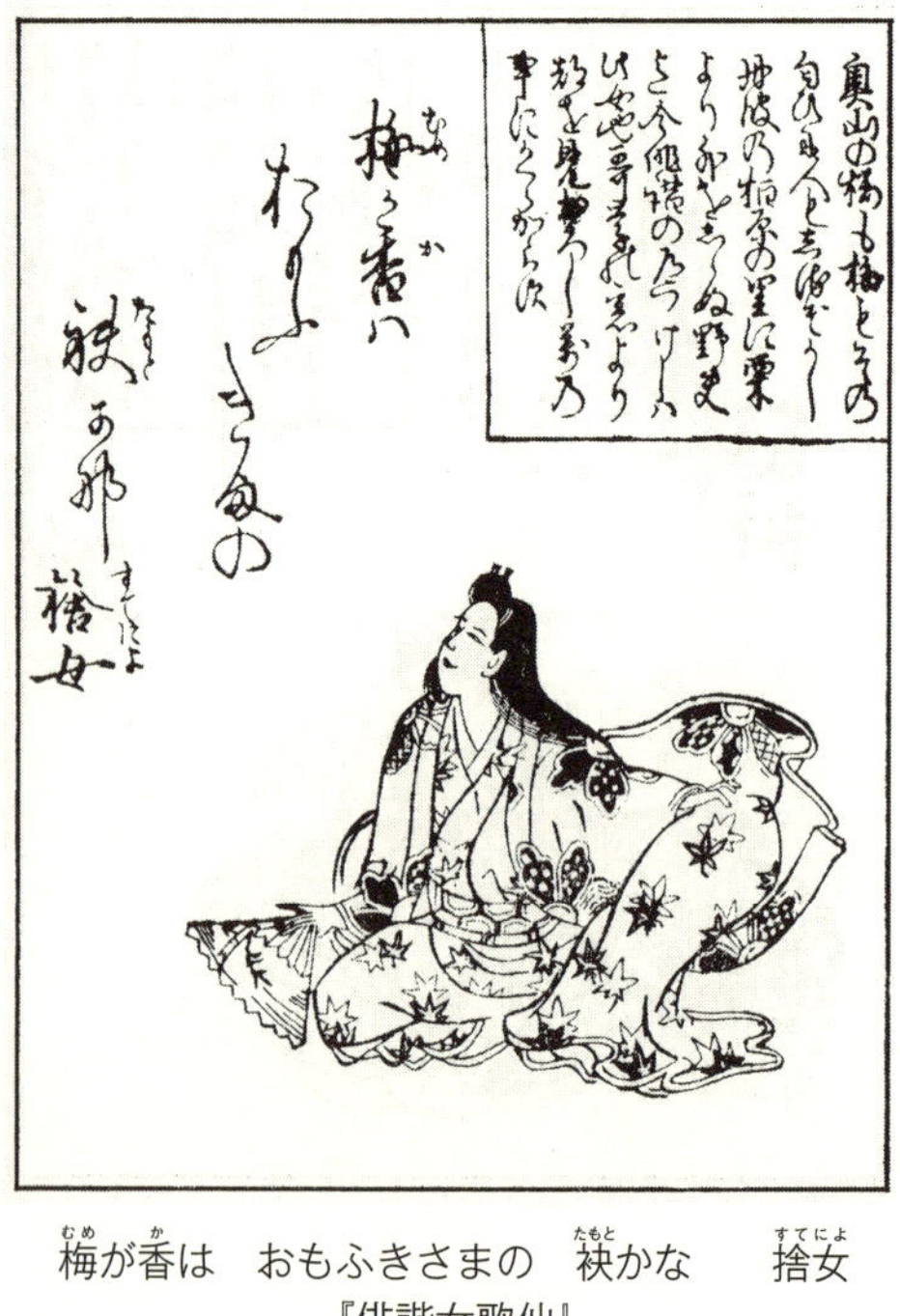

梅《むめ》が香《か》は　おもふきさまの　袂《たもと》かな　捨女《すてによ》

『俳諧女歌仙』

田捨女《でんすてによ》（一六三三〜九八）は、西鶴が古今の女性俳人三十六人の中に撰んだ人物です（一六八四年刊『俳諧女歌仙《はいかいにょかせん》』）。捨女については、伴嵩蹊《ばんこうけい》が、常人には理解できない境地に達した人物のことを集録した『続近世畸人伝《きじんでん》』（一七九八年）に採り上げ、六歳のときの作、

雪の朝　二の字二の字の　下駄のあと

を載せています。正岡子規は、『獺祭書屋俳話《だっさいしょおくはいわ》』で、

うき事に　なれて雪間の　嫁菜かな
日くらしや　捨てておいても　暮る日を
思ふ事　なき顔しても　秋のくれ
粟の穂や　身は数ならぬ　女郎花《をみなへし》

の四句を挙げ、「すて女は燕子花《かきつばた》の如し。うつくしき中にも多少の勢ありて、りんと力を入れたる処あり。」（元禄の四俳女）と評しています。しかし、以上の五句はすべて没後の文献に見えるもので、捨女の作であるとの確証は得られず、いずれも脚色された捨女像のよう

です。

田《でん》ステは、丹波（兵庫県）で代官を務めた名家に生まれ、三歳で母に死別し、十九歳のとき、継母の連れ子と結婚して五男一女の母となります。夫とともに和歌・俳諧を学び、北村季吟・湖春父子の俳諧選集などに多数入集しています。ところが四十一歳のとき夫が亡くなり、ステの生き方は一変します。「つかのまもはやくちりを出で」（柏原八幡宮に奉納した法華経の奥書）と、遁世したい思いがつのり、四十六歳で薙髪《ちはつ》して妙融尼を名乗り、季吟の「みやこにはたふとき寺も仏も僧もおはしまし候へば、めぐりても見、きてもおがみ給ひ候はん」（妙融宛ての書翰）の言葉に動かされて上京します。そして、五十四歳のとき、念願叶って盤珪《ばんけい》（一六二二～九三）に参禅、貞閑と名を改め、師の寺の播磨国網干《あぼし》（兵庫県姫路市）龍門寺に移り、六年後に不徹庵を創建して庵主となります。

盤珪は、鈴木大拙（一八七〇～一九六六）の研究と顕彰により、現代人にも知られるようになった禅僧で、不生禅《ふしょうぜん》を提唱しました。それは、道元の余念を交えずひたすら坐禅をする「只管打坐《しかんたざ》」や、「公案」による禅問答とはまったく異なり、平易な説法で、不生とは不生な仏心、すなわち後天的に得た仏心ではなく、親が生みつけたものであり、平生皆が仏心でいるように「なしやれい」（盤珪禅師語録・岩波文庫）、と呼びかけたのです――平易とは言っても、大拙は『鈴木大拙全集』（岩波書店）第一巻で「不生禅とは」に五百ページ近くを費やしています――。

ステは古典の素養を基に、言語遊技によって笑いを狙う貞門風の俳人でした。時代が談林風へ、更に蕉風へと移ったこともあり、和歌を詠むことの方が多くなります。夫の死後、

無き人のもてはやしける萩の枯れけるを見て

露の身の　消えぬもかなし　もろともに　かれ行く萩ぞ　うらやまれぬる

（亡夫季成をしのびて・東京田氏蔵）

をはじめ、七年忌の時のものまで自筆の三十首を遺しており（藤本槌重《つちしげ》氏・貞閑禅尼・春秋社）、喪失感に悩まされる日々であったようです。まずは真情を吐露できる和歌で心を鎮め、不生禅に傾倒し、やがて安心にたどり着いたのでしょう。「ほしい・にくい・つらい・かはゆい」などの感情は、出生の後智恵が生じたもので、それが生死流転の原因であるから、人間の本性である「不生の仏心」に立ち返らなければならないのです。「（不生であるがゆえに不滅の）仏心有事をご存じなきにより、何れもが迷はつしやるでござるぞ」（盤珪）。

実録本の世界

――磐城平藩の御家騒動

松賀族之助夫人　　内藤風虎側室

（専称寺蔵　いわき市立美術館編『江戸時代のいわき』1997年図録より転載）

芭蕉一門の代表的撰集「俳諧七部集」の中で最も賛仰《さんぎょう》される『猿蓑《さるみの》』の、「春」(巻之四)の部の巻頭を飾ったのは、

梅咲《さき》て　人の怒《いかり》の　悔《くひ》もあり　露沾《ろせん》

です。作者の本名は内藤義英《よしひで》(一六五五～一七三三)。芭蕉や其角をはじめとする諸俳人と親交のある著名な俳人です。

父は、風流大名として知られる、磐城平《いわきたいら》藩主内藤義概《よしむね》、俳号風虎《ふうこ》(一六一九～八五)です。五十二歳のとき家督を継ぎますが、すでに父の代に藩政の基本方針が確立しており、藩主としてなすべきこともなく、藩政を松賀族之助《やからのすけ》に任せてしまい、文化人活動に専念した藩主でした。和漢書の蒐集にも熱心で、集めた非常に良質な書物に「牘庫《とっこ》」印をおしています。それらは「牘庫印本」と呼ばれます。風虎三十九歳の時、徳川光圀《みつくに》(一六二八～一七〇〇)が『大日本史』の編纂に着手し、各地の資料を蒐集する本拠を江戸駒込の別邸(のち小石川の本邸に移して彰考館と命名)に置きました。水戸家に招聘《しょうへい》された儒者や歌学者がしばしば雅会を開き、そこに文筆を好む人々が集まり、水戸家文化圏が形成されたのです。風虎はそ

の有力な一員でした。『左京大夫《さきょうのだいぶ》家集』という歌集もあります。この風虎・露沾親子の間に確執があったのです。

ところで、江戸時代、主要人物を実名で登場させ、ほぼ事実に即しながら、あいまいなところは、こうであったら面白かろうということをふんだんに盛り込んだ実録体小説（実録本《じつろくぼん》）というジャンルがありました。中でも御家騒動物《もの》はその代表で、山本周五郎の『樅《もみ》ノ木は残った』で知られる伊達《だて》騒動を扱ったものなどはおおいに流行し、歌舞伎や浄瑠璃の素材源となりました。写本で書き継がれるうちに、人物の善悪・強弱・美醜などが鮮明になってゆくのが特徴です。

内藤家におけるもめごととは、延岡藩儒神林復所《ふくしょ》が著した実録本『磐城騒動記』（一八一八～三一年頃）によると、風虎《ふうこ》が、家老松賀族之助《やからのすけ》の計略により、族之助の妻と通じ、大象という男子が生まれます。十七歳になった大象の讒言《ざんげん》を信じて、風虎は嫡男露沾《ろせん》をうとみ、目通りも許さなかったというのです。大象が狂死（？）した時、風虎は二十三首も詠んだ悼歌の中に、

夢なれや　契りもはかな　親と子の　仮のこの世に　生れあひぬる　（左京大夫家集）

と詠んでいますので、大象（「寛文六年御家中宗門御改帳」によると松賀族之助の惣領）の実父であることは事実のようです。では生母はというと、福島県いわき市の専称寺にある坐像二体のうち、写真の左側の族之助の妻ではなく、右の愛くるしい側室（妻の妹か）ではないでしょうか。

風虎が大象を溺愛したため、露沾は反発をつよめ、家督を継ぐことを拒否します。親子の確執にからんで、小姓《こしょう》の殺害事件や切腹騒ぎもあり、表面化すればお家断絶が必至という事態に到り、露沾の異母弟義孝が家督を相続し、露沾は七千石を得て、麻布六本木の別邸に隠居することで決着しました。現実から逃避して俳諧に没入することにより、精神的に均衡を保ったのでしょう。

後に内藤家は懲罰的に延岡（宮崎県）に移封されます。そこの藩儒が実録本を書いたのは、家老を悪者にして藩主を守る意図があったのでしょうか。坐像が残っていなければ、実録本の内容がそのまま事実として伝わってしまったかもしれません。

＊加藤定彦・内藤風虎拾遺――父子の確執と歌歴を中心に――・立教大学　日本文学・第八十五号参照。

字余りの歌
——本居宣長の説

宣長七十二歳像
絹本着色。井特《せいとく》画。
（本居宣長記念館蔵）

正岡子規は、源実朝（一一九二〜一二一九）の、

時により　すぐれば民の　なげきなり　八大竜王　雨やめたまへ　（金槐和歌集）

が、「八大竜王《はちだいりゆうわう》」と八字の漢語を用い、三句切れにしたところが歌の勢いを強めていて、「好きで好きでたまらぬ」（八たび歌よみに与ふる書）そうです。これは漢語の字余りで、和語と同列には扱えませんが、日本の歌学では、「字余り」を「中飽病《ちゆうほうびよう》」と名付けて和歌八病《はちへい》の一つに数えています。しかし、藤原為家（一一九八〜一二七五）は『詠歌一体《えいがいつてい》』で、すぐれた歌ならば、字余りによって悪くなることはないとし、細川幽斎（一五三四〜一六一〇）は『細川幽斎聞書』で、「月見れば　千々に物こそ　悲しけれ　わが身ひとつの　秋にはあらねど」（大江千里・古今集、百人一首）の第五句は、「秋ならねども」と平板に詠むより勝れていて一字千金の字余りだとほめています。

ところが、字余りは、好き嫌いでもなく、「病」でもなく、表現効果を生み出すための技巧でもないことは、本居宣長（一七三〇〜一八〇一）によって、つとに指摘されているのです。

「歌ニ五モジ七モジノ句ヲ一モジ余シテ、六モジ八モジ（二）ヨムコトアル、是レ必

中ニ右ノあいうおノ音ノアル句ニ限レルコト也。えノ音ノ例ナキハイカナル理ニカアラム未レ考」（字音仮字用格《じおんかなづかい》・おを所属弁）
つまり、字余りの句の中には必ず単独の母音「あ」「い」「う」「お」があるというのです。
この「万葉集」短歌における宣長の法則をさらに進めて、佐竹昭広氏（時に満十八歳）が「万葉集」「古今集」（十世紀前半）「後撰集」（十世紀後半）の短歌にも適用される字余りの三法則を明らかにされました（万葉集短歌字余考・文学・昭和二十一年五月・岩波書店）。ここには書き切れないので割愛しますが、この三法則は、「万葉集」では九九・一％、「古今集」「後撰集」では一〇〇％守られているのです。「万葉集」の九九・一％は、今後読み方が再検討されることにより、限りなく一〇〇％に近づくと思われます。
句の中に単独の母音があると、なぜ字余りになるのでしょうか。それは、語頭に「あ」「い」「う」「お」をもつ語が他の語の後に結合する時、ナガアメ（長雨）→ナガメ、アライソ（荒磯）→アリソのように、二つの母音が直接接触し合うことを避けようとして、母音が脱落する特性が日本語にはあるからなのです（橋本進吉氏・国語の音節構造と母音の特性・著作集第四冊）。句の中に「あ」「い」「う」「お」を含む時、日本人はむしろ音数不足と感じるのです。

たしかに、

花の色は　移りにけりな　いたづらに　わが身世にふる　ながめせし間に

（古今集・春下）

わびぬれば　今はた同じ　難波なる　みをつくしても　逢はむとぞ思ふ

（後撰集・恋）

の「花の色は」「逢はむとぞ思ふ」などは、字余りであることを意識させません。むしろ、字余りにすべきであると考えられていて、特に結句では必ず一字を書き加えなければならなかったのです。時代が下ると、西行（一一一八〜九〇）のように、宣長の法則を犯す歌人がでてきます。

風になびく　富士の煙の　空にきえて　ゆくへも知らぬ　わが思ひ哉

（新古今集・雑中）

なお、「え」に関して橋本進吉氏は、古く「え」はア行のエとヤ行のエとに別れていて、字余りに関係があるのはア行のエであるべきだが、ア行のエを有する語は非常に少数である故、字余りに用いられた例が見出されないのであろうと述べておられます（前掲論文）。

千鳥塚

――芭蕉生前か

千鳥塚
名古屋市緑区鳴海町三王山、高さ 50㎝ほど
(2012 年 11 月 7 日撮影)

尾張国鳴海《なるみ》宿（名古屋市緑区）の、千代倉《ちよくら》という屋号をもつ下里（のち下郷《しもざと》）家には、芭蕉（一六四四～九四）をはじめ、多くの文人が来訪しました。そういう風流長者たちが俳諧師の全国行脚を支えたのです。それだけではなく、千代倉家では、知足《ちそく》（一六四〇～一七〇四）という俳号をもつ二代目が日記を書き始め、代々の当主が明治に至るまで書き継ぎました（森川昭氏が『俳文藝』他に連載）。日記によって、著名な文人の動静がわかるのです。

その日記に、貞享四年（一六八七）十一月四日「松尾桃青老（芭蕉）江戸より御越御泊り」、七日「子ごや《根古屋》加古にて俳諧有。桃青老参会」とあります。この時の発句が、

星崎の　闇を見よとや　啼《なく》千鳥　　芭蕉

です。そして以下を続けた歌仙（三十六歌仙にちなんで三十六句からなる俳諧）を記念してたてられたのが三王山（緑区）にある、やや小振りな「千鳥塚」で、芭蕉も小石を拾って建碑に尽力したという伝承があります。名古屋市博物館発行の芭蕉展図録（平成二十四年）にも、「全国に数ある芭蕉塚・句碑の最古のもので、芭蕉生前に建てられた唯一の塚」とあります。しかし、そのころの日記には、「千鳥塚」に関する記述がありません。

蕉風宣布に尽力したことで知られる俳諧師白井鳥酔《ちょうすい》（一七〇一～六九）は、宝暦六年

（一七五六）四月十三日夜、千代倉家を尋ね、翌日、知足の孫蝶羅にいざなわれ、「千鳥塚」に向かいます。鳥酔は、

此句（「星崎の……」）を得給ひたる所は、駅を西へ三丁ばかり出て右の山際山王宮孤森の側なる岡に遊び給ふ時の事也けり。翁（芭蕉）みづから身後《しんご》のかたみに千鳥塚といふものを築んとて小石を拾ひ重ね給ふを、知足をはじめ業言《ぼくげん》・安信・重辰・自笑合資して終に成就せりとぞ。（風字吟行）

と記しています。芭蕉は、風狂心から、死児《しじ》が父母供養のために賽の河原に塔を築くように、千鳥の塚と称して小石を積んでみただけのことなのでしょう。その様子を見ていた仲間が資金を出し合って、「終に」ほんとうの「千鳥塚」をたてたのではないでしょうか。この鳥酔の文章を後世、芭蕉が塚の石を運んだのだと脚色して伝えたのです。塚の側面に彫られている「貞享丁卯年十一月日」は、歌仙満尾《まんび》の月で、建立の月ではありません。

ところで、この時の歌仙を、正徳六年（一七一六）、知足の子蝶羽が『千鳥掛』と題して上梓しました。が、素堂の序文（正徳二年）も塚のことにはふれていません。それ以後にたてられたのです。

さ夜千鳥　声こそちかく　なるみ潟　かたぶく月に　潮やみつらん
（新古今集・冬歌・藤原季能）

潮干の程なれば障りなく干潟を行折しも、浜千鳥いと多く先立ちて行くも、しるべ顔なる心地して

浜千鳥　鳴きてぞ誘ふ　世の中に　跡とめしとは　思はざりしを　（十六夜日記《いざよいにっき》）

と記された歌枕「鳴海潟」が一望できる岡に千鳥塚はたっています。星崎は天白川《てんぱくがわ》をはさんで対岸にあるのですが、今はビルが視界をさえぎって見えません。

芭蕉は、「星崎の闇を見よとでも言いたげに、闇夜の底で千鳥がしきりにないて、旅愁をかきたてる」という、鳴海の地をたたえたこの発句を会心の作と考えたのでしょう。千鳥の塚をつくって供養したいと思ったほどですから。まだ、発句を石に刻んで句碑にするという発想がなかった時代のことです。

＊平成二十四年十二月号（十二月一日発行）に掲載。森川昭氏「千鳥塚の疑問——付・栗塚のこと——」（夷参・七号・平成24年12月23日）、加藤定彦「二つの『千鳥塚』をめぐって——『翁塚』と追善供養——」（東海近世21号・平成二十五年五月）参照。

朝妻舟

——英一蝶の画と小唄

英一蝶「**朝妻舟図**」
（板橋区立美術館蔵）

近江の国朝妻《あさづま》（米原市）は、遊女を乗せて旅人をなぐさめたという「朝妻舟」で知られますが、室町時代の碩学一条兼良の紀行『藤河の記』には、

それ（八坂）より夜舟を出して、五日のほのぼのにあさ妻につきぬ。

ほのぼのと　あさ妻にこそ　つきにけれ　まだ夜をこめて　舟出せしみち

とだけあり、他の地では遊女のことに触れているにもかかわらず、朝妻では遊女は登場しません。

『万葉集』に詠まれた朝妻は大和の国の朝妻（御所《ごせ》市）でしたが、平安時代に近江の国の歌枕とみなされるようになりました。北陸道と中山道とが集中した湖東第一の湊で繁盛しましたが、慶長五年（一六〇〇）に井伊氏が彦根城主になり、米原湊が開設され、朝妻湊はさびれてしまったのです。にぎわった湊に春をひさぐ女性は当然いたと考えられますが、江口や神崎や室津に居たような、長者と呼ばれる女性の元締めに率いられた、芸能・売色集団は存在しなかったのではないでしょうか。まして、「本朝遊女のはじまりは、江州の朝妻、播州の室津《むろのつ》より事起りて、今国々になりぬ」（好色一代男・巻五）というのは誤解だと思わ

れます。

地名の「朝妻」は、渡来人集団を統率した「朝妻造《あさづまのみやつこ》」（新撰姓氏録《しんせんしょうじろく》）の一族が移住したことによるようですが、日本語としては、妻問婚で、「通ってきた夫が朝帰って行く、それを送り出す妻」を意味します。朝妻舟は、地名から遊女を連想して作り上げた話だったのではないでしょうか。

ことに江戸時代、英一蝶《はなぶさいっちょう》（一六五二〜一七二四）が、

朝妻船

あだしあだ波　よせてはかへるなみ　浅妻船のあさましや　あゝまたの日はたれに契りをかはして色を　かはして色を　枕はづかし　偽りがち成る我とこの山　よしそれとても世の中

（自画賛、松の葉・第三巻）

という小唄をつくって流行させ、岸辺の柳と、鼓を前にした白拍子が乗る小舟を描いた「朝妻舟」も世に賞翫《しょうがん》されたのです。舟上の遊女が右を向くもの、左を向くもの、柳が描かれないもの、賛がないものなど、様々な構図の絵が残っています。一蝶の図をもとにして、鈴木

春信や酒井抱一、木下月洲なども「朝妻舟」を描いています。
一蝶は波瀾の生涯を送った風俗画家で、芭蕉の門人でもありました。画家としてようやく世に認められるようになった四十七歳のとき、伊豆三宅島に流されます。それまでの経緯は、小林忠氏によると、

当時名うての太鼓持ちとしても知られた一蝶は、遊び仲間とともに大名・旗本などの邸に出入りし、当主に取り入って吉原などの悪所に誘い、金銀をばらまかせたのです。そのため、幕府の上層部に「大名の毒虫」とにがにがしく思われていたところ、将軍綱吉の生母桂昌院（京都の八百屋仁左衛門の子）の縁筋にあたる俄《にわか》大名たちを巻き込んでの醜聞事件を引き起こすに及んで、ついに遠流《おんる》という厳罰が下されたのです。

（日本の美術260号・至文堂）

流人生活は足かけ十二年に及びました。再び江戸に戻ってきた絵師を人々は歓迎したようです。この人気絵師一蝶が描いた白拍子＝遊女の姿と、遊蕩の気分をかきたてる小唄によって、「朝妻舟」の本意が規定されたのではないでしょうか。
現実の朝妻舟は、一条兼良一行も乗った、単なる渡し舟だったのかもしれません。

処刑された講釈師

——馬場文耕

盛り場に設けられた釈場で『太平記』の講釈を聞く人々
『累井筒紅葉打敷《かさねいづつもみじのうちしき》』
（早稲田大学図書館蔵）

郡上踊《ぐじょうおどり》で知られる岐阜県郡上市は、映画『郡上一揆』（2000年・神山征二郎監督）にも描かれた、江戸時代最大の農民一揆が起きたところです。

宝暦四年（一七五四）七月、美濃国郡上藩は、財政逼迫《ひっぱく》を打開するため、定額を徴収する定免制《じょうめん》を、収穫前に検査して年貢高を決める検見《けみ》制に改める増収政策をとりました。これに反対する農民が立ち上がったのです。この騒動を、宝暦八年九月に、馬場文耕《ぶんこう》（伊予の人、一七一八？〜五八）という講釈師が、日本橋の小間物屋宅を借りて高座にかけ――お代は気持ち次第――、それを『平がな森の雫《しずく》』という実録体小説にし、写本で広めました。詮議中の事件を扱ったとして文耕は召し捕られ、八年十二月、町中引き回しの上、小塚原《こづかっぱら》刑場で獄門に処せられたのです。

凄絶な生涯を送った文耕には、数々の痛烈な幕政批判の書のほかに、意外にも『当世諸家百人一首』（国会図書館蔵写本・宝暦八年四月序）という著作があります。巻頭に、彼がその治世を賛美した八代将軍吉宗（一六八四〜一七五一）の歌、

受け継ぎし　国のつかさの　かひもなく　めぐまぬ民に　めぐまるゝ身は

を置き、水戸光圀、大岡忠相から、乞食十助、吉野まで、貴賤を取り合わせています。吉野は島原の太夫《たゆう》ですが、いわゆる夜鷹の歌も撰び、

第六拾　　　　　　　三田はきだめ　おまつ

ちり塚の　ちりにまじはる　松虫の　声は涼しき　ものと知らずや

此ものはいやしき勤《つとめ》の女也。芝三田といふ所に甚《はなはだ》賤しき遊女なり。俗に是をはきだめおまつと云。……心迄いやしき勤はせずと断りし歌の心也。やさしき事也と誉る人あり。吾いやしき女の心いきを称して此列に入れぬ。

と評釈を施しています。南町奉行所に捕縛され、撰集作業が中断したのでしょうか、この百人一首は第六十五番で終わっていて、世間に広く知れ渡ることもありませんでした。それを海寿《かいじゅ》という人物が、安永四年（一七七五）に、和歌と発句を交えて百番になるよう増補改編したのが、夥《おびただ》しく流布した『歌俳《かはい》百人撰』（風雅百人撰集・歌俳百人伝）なのです（延広真治氏執筆・日本古典文学大辞典「馬場文耕」）。残念ながら、こちらは海寿の著書として伝わってしまいました。

郡上一揆の結末は、百人以上の村人が獄門・死罪・追放・遠島などの厳罰に処せられ、同時に、藩主金森頼錦《よりかね》は失政により、所領・家禄・屋敷を没収、つまり改易《かいえき》となり、老中以下の幕閣にも前代未聞の処分が行われました。そのため、農民が勝った唯一の一揆であると言われます。しかしそれは過大な評価で、一揆を利用して、幕府が大名の権力を厳しく統制したという捉え方もあります。

ところで、郡上一揆の審議に加わることにより、幕閣内での勢力を拡大した人物がいます。側衆《そばしゅう》――将軍の次室に宿直し、老中に代わって夜間の諸務をつかさどる職――田沼意次《おきつぐ》（一七一九～八八）です。以後、賄賂政治の時代が二十八年続くのです。ただ、大石慎三郎氏『田沼意次の時代』（岩波現代文庫）によると、意次についてこれまで紹介されてきた悪評はすべて史実として利用できるものではないとのことです。肝心なのは、意次に対する評価ではなく、郡上の庄屋たちと文耕の死は無駄ではなかったのかどうか、ということなのです。

＊「美濃和紙と上有知湊」（300頁）参照。

内々神社と横井也有

――妙見信仰の盛行

屋根の上の「**金勢丸**」の看板
（2017年1月2日撮影）

古代史や考古学の研究者が一度は行ってみたいと言われるのが、愛知県春日井市内津町《うつつちょう》にある内々神社《うつつ》です。今は公共交通機関だけでは思うように行けないほど辺鄙なところにあります。

研究者を引きつけるのは何かというと、『熱田宮寛平縁起』（鎌倉時代初期か）に、東征を終えたヤマトタケルが尾張に向かう途中、篠城《しのき》（春日井市篠木町）で食事をしていると、建稲種公《たけいなだね》（副将軍・尾張氏・宮簀媛《みやずひめ》の兄）の従者が早馬で駆けつけ、公は異鳥が海上に飛翔するのを捕らえてタケルに献上しようとし、追いまわすうちに突風が起こって、船が転覆し溺死した、と報告します。タケルはこれを聞き乍ら、悲泣して「現哉《うつつかな》、現哉」と言われた。この詞《ことば》によってこの地を「内津《うつつ》」と号す、と記されているのです。しかも、内々神社から名古屋に至る内津道（国道19号線）に沿って、「西尾《さいお》」「駒返《こまがえり》」「明知《あけち》」「神屋《かぎや》」「御手洗《みたらし》」「柏井《かしわい》」など、ヤマトタケルにまつわる言い伝えのある地名が連なるのです（張州府志参照）。

その内津の里に住む、医師で薬種商の長谷川三止《さんし》という俳人に「そそのか」されて、横井也有《やゆう》（一七〇二〜八三）七十二歳が、伴をつれて十日間の旅をします。横井家は尾張藩の名門で、也有は要職を歴任したのち、五十三歳で致仕《ちし》し、前津《まえづ》（名古屋市中区前津）に隠棲します。多能多才で、俳諧・和歌・漢詩・狂歌・書画・武道にも秀で、ことに俳文『鶉衣《うずらごろも》』は、狂歌三大家の一人大田南畝《なんぽ》（一七四九〜一八二三）が一読して感動し、編集・上梓したものです。内津への旅の記「内津草《うつつぐさ》」は、『鶉衣』の拾遺・中に収められています。

安永二年（一七七三）八月十八日午前二時ごろ庵を出て、駕籠や徒歩で内津を目指し、坂下・明知・西尾《さいお》などという里々を経て、鞍骨という所で三止に迎えられます。このあたりまで来ると山路がやや険しく、渓谷の様相を呈します。昼ごろ内津に着き、三止宅で湯を浴び、食事をもてなされ、連句を巻きます。

夢もみじ　鹿きくまでは　臂《ひじ》まくら　（也有の発句）

今は神社の裏山の麓に、イノシシ対策のための電気柵が張り巡らせてありますが、このあたりは昔から「猪・鹿等多く、山間の田畠には、悉く鹿除けの垣をなし」（尾張名所図会・巻四）という深山なのです。かつて神社前の道は善光寺下街道《したかいどう》と呼ばれ、内津には旅籠が十戸もあり、東濃地域の一中心として栄えました。神社の並びに、「正生丸」（解熱剤）・「金勢丸」（腹薬）の古風な看板を残す家があり、ここが長谷川家だと確信したのですが、屋号を

「舎《やまきち》」という鵜飼邸でした。

也有は翌日、妙見宮（内々《うつつ》神社）に参詣します。妙見とは北極星のことで、天空から隕石が落下することから、古代人は星神と鉱山とを関連づけて信仰に結びつけたのです（谷有二氏・日本山岳伝承の謎・未来社参照）。

奥の院へ行こうとしますが、七十二歳の也有にはあまりにも急峻で、あと十間（十八《メートル》）ほどの所で断念します。奥の院の小さな社殿は懸崖《けんがい》造りで、近辺に製鉄遺跡などがあることを示唆する建築様式です。内々神社の裏山全山が鉄分が酸化した茶褐色の鉄鉱山なので、ヤマトタケルはこの内津の地に、単に支配地域拡大のためというよりは、むしろ鉄を求めて遠征してきたのではないでしょうか（井口一幸氏・続古代山人の興亡・彩流社、細矢藤策《とうさく》氏「美濃・尾張の鉄　そして渡来人――ヤマトタケルと壬申の乱と――」・森浩一・門脇禎二両氏編『渡来人』・大巧社参照）。

ところで、不思議なことに、也有は、「内津草」でヤマトタケルのことに一切触れません。中世以降、内々神社（式内社）は妙見信仰を中心に隆盛を極め、ヤマトタケルの伝承は忘れ去られてしまったのです。

「百不二や」の改作

――飛脚問屋大伴大江丸

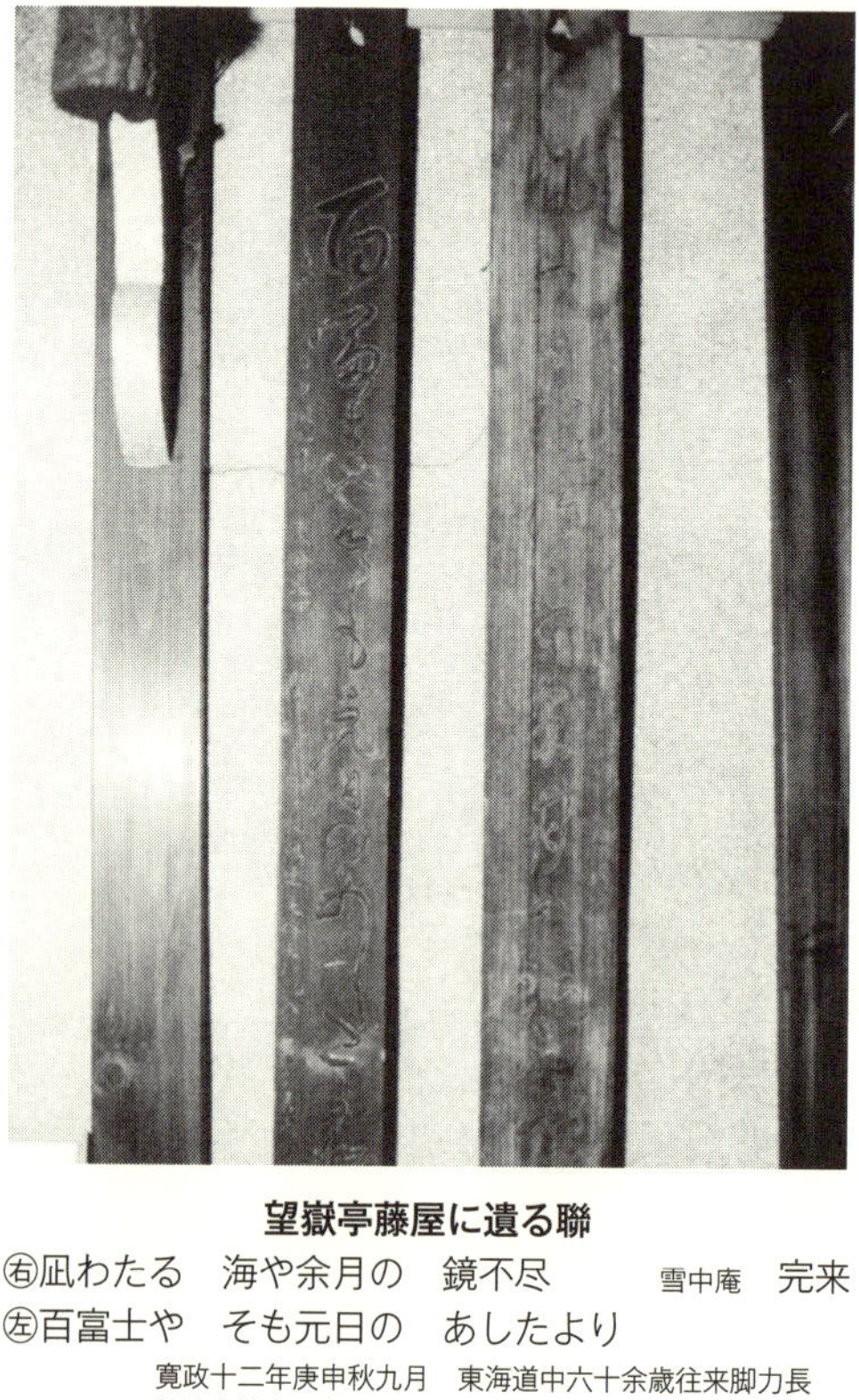

望嶽亭藤屋に遺る聯

㊨凪わたる　海や余月の　鏡不尽　　雪中庵　完来

㊧百富士や　そも元日の　あしたより

寛政十二年庚申秋九月　東海道中六十余歳往来脚力長

浪速大伴大江丸八十有一才書之（1994年9月7日撮影）

東都の往返五十度に及ぶ
百不二や　月雪花に　ほとゝぎす
（俳懺悔・一七九〇年）

往復で百回富士山を眺めた、仲間九軒で飛脚問屋嶋屋を営む旧国（大江丸《おおえまる》の前号、一七二二〜一八〇五）の発句です。

その何年後でしょうか、八十一歳（紀行による、実際は数えで七十九）の秋、「まからで済《すみ》がたき趣有《あり》て」四ヶ月ほどの東奥への旅に発ちます。その帰り、東海道由比の宿と興津《おきつ》の宿の間、薩埵《さった》峠の登り口にある茶店で、

「さつた山のふじやへもあらためて聯《れん》をかけて遺したり」

と、紀行『あがたの三月よつき』に記しています。その聯が今も望嶽亭藤屋の壁に掛けられています。「あらためて」とは、かつて「百不二や」の句を残したものの、あきたらず、改めて完来（雪中庵《せつちゅうあん》四世）の聯とセットで渡したとの意ではないでしょうか。ともに脚力《かくりき》（＝飛脚）屋として詠んだ句ですが、改作では、元旦から百回目の富士を拝めるめでたさに、盆も正月もなしに六十年余を業務に励んできた飛脚屋の矜持《きょうじ》を重ねて表現したのです。

望嶽亭藤屋は、「此茶店《さてん》海岸に崖造りにて、富士を見わたし……三保松原手に取る如く、

道中無双《ぶさう》の景色《けいしよく》なり。茶店の中に望嶽亭《ぼうがくてい》といふあり、遠近人《をちこちびと》立寄て詩歌俳諧などしるして此亭に遺す事多し」（東海道名所図会・巻之四・一七九七年刊）という茶店で、名産の栄螺《さざえ》や鮑《あわび》を食べさせました。

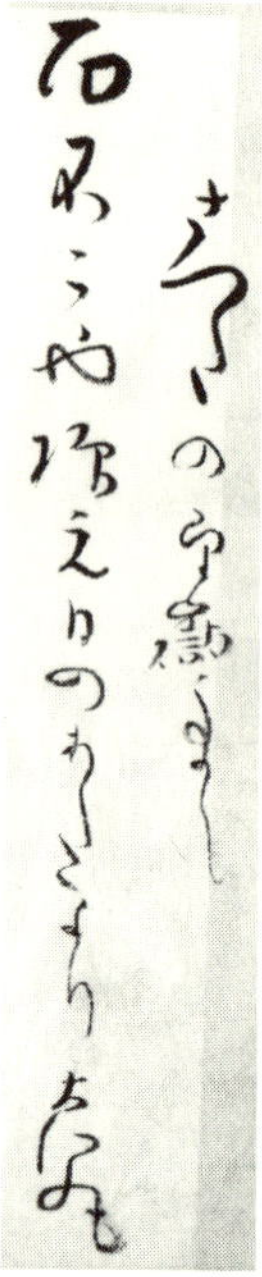

さつたの望嶽亭にて
百不二や　抑元日の　あしたより　大江丸

「百富士」は、河村岷雪《みんせつ》（〜一七七七）が、各地に遊歴して書き溜めた富士の図に、詞友の讃句などを添えて、明和八年（一七七一）に上梓した絵俳書『百富士』によった語です。この絵俳書は好評を博し、北斎や広重の類似シリーズを生む誘因となり、版を重ねました。たまたま蔵弆《ぞうきよ》に帰した版本は大江丸の手沢《しゅたく》本で、なんと余白に大江丸本人の手による書き込みがあったのです。

大江丸の本名は安井政胤、俳号は旧州《ふるくに》のちに旧国と改め、さらに寛政七年（一七九五）頃から大伴《おおともの》大江丸と改めています。大伴は現在の大阪辺りをさす地名、大江は大阪湾のこと、丸は童の名によく付ける語で、浪花児《なにわっこ》を自負した俳号です。大江丸は、典型的な遊俳《ゆうはい》（アマチュア）で、それを信条としていました。その気易さから、

一茶坊の東へかへるを

雁はまだ　落ついてゐるに　御かへりか　（はいかい帒《ぶくろ》）

（参考）「けふからは日本の雁ぞ楽に寝よ　一茶」（七番日記ほか）

能因に　くさめさせたる　秋はこゝ　（同）

（参考）「都をば霞とともに立ちしかど秋風ぞふく白河の関　能因法師」（後拾遺集・羇旅）

むかし男　なまこの様に　おはしけむ　（同）

（参考）「このおとこなま宮仕へしければ」（伊勢物語・八十七段）

寒梅よ　我も八十　二才野郎　（あがたの三月よつき）

（参考）「二才野郎」は未熟者をいう。（根無草・後・三）

と、口語や俗語を大胆に取り入れ、独自の軽妙洒脱な作風を鮮明に出し、西国行脚（一七九二～九八年）以降の一茶にも影響を与えました。

帰坂後、喜寿を過ぎた老翁の無事を、「いづくの人々もかゝる長寿のしかもすくよかなるをうらやまざるはあらじ」（あがたの三月よつき・吾萍序）と祝福されています。

薩埵峠

——東海道の難所

薩埵峠

「東海道図屏風」六曲一双（江戸中期）

（思文閣古書資料目録　第 163 号より転載）

駿河湾に臨む東海道の宿駅、由比《ゆい》と興津《おきつ》との間に海食崖があり、難所とされました。鎌倉時代は、

「暫くよせひく波のひまをうかがひて急ぎ通る」（海道記）

沖つ風　けさ荒磯の　岩づたひ　波分け衣　ぬれぬれぞゆく（東関紀行）

と、海沿いの道を潮が引いた時に通っています。

室町時代、都にいた兄足利尊氏と鎌倉にいた弟直義《ただよし》が、「三方ハ嶮岨《けんそ》ニテ谷深ク切レ、一方ハ海ニテ岸高ク峙《ソバダ》」（太平記・巻第三十）つ要害の地薩埵《さった》山で戦います。戦国時代の永禄十一年（一五六八）にも、今川氏真が大軍を率いてこの山に陣を置き、武田信玄の進軍を阻止しようとしましたが、戦わずして敗走しました（赤見文書・松平記ほか）。この二度の戦いで道らしきものができたのでしょう。それを整備したのが江戸時代で、貝原益軒（一六三〇～一七一四）の『吾嬬路記《あずまのみちのき》』には「下道（海道《うみみち》）・中道・上道とて三筋あり。……中道は此三十年以前明暦元年（一六五五）朝鮮の信使来りし時始て開く。上道は近年ひらく」とあります。

そもそもこのあたりは、

「それ此嶺《たうげ》は、絶景にして、まづ寅（東北東）の方には富士の高根白妙にして時しらぬ雪をあらはし、卯（東）の方に愛鷹山《あしたかやま》、巳（南南東）の方には伊豆の岬、酉（西）の方には三保の松原、みな鮮《あざやか》に見へわたりて、前には紅海渺然《かうかいべうぜん》として」

（東海道名所図会・巻之四・一七九七年刊）

東海道随一の眺望なのです。賀茂真淵は元文五年（一七四〇）に、「薩埵山を越ゆ。何某《なにがし》の湖見るらん景色覚えて、唐《から》めいたる入江のたたずまひ也」（岡部日記《おかべのにっき》）と記しています。「何某の湖」「唐めいたる」と朧化された表現になっていますが、静岡市清水区由比に、その情景が中国の西湖《せいこ》に似ていることから山号がつけられたことで知られる、西湖山林香寺《さいこざんりんこうじ》があることから、よく画題とされる中国浙江省にある西湖のことであるとわかります。

ところで、古くは薩埵山と呼ばれたのですが、峠とは、山頂と山頂の間の尾根の一番低くなる部分であり、山脈越えの道が通る最も標高が高い地点とも言えます。薩埵山（二四四メートル）の中腹を通るのですが、典型的な峠ではないということでしょうか。

「薩埵峠」（九〇メートル）として広く知られるようになったのは、「それより薩埵峠を打越、たどり行ほどに」とだけある『東海道中膝栗毛』（一八〇二〜〇九年刊）ではなく、歌舞伎「処女翫浮名横櫛《むすめごのみうきなのよこぐし》」（通称「切られお富」）によると思われるのです。この歌舞伎は、長唄家元四世芳村伊三郎の若いころの逸話を脚色した、「え　御新造《ごしんぞ》さんぇ　おかみさんぇ　お富さんぇ　いやさ　これ　お富　久しぶりだなぁ……しがねぇ恋の情けが仇《あだ》　命の綱の切れたのをどう取り留めてか」で始まる名台詞で知られる「与話情浮名横櫛《よわなさけうきなのよこぐし》」（通称「切られ与三」）が大当たりしたので、その筋や役名を下敷きにして作られた書替《かきかえ》狂言です。

　赤間源左衛門の妾お富は、浪人与三郎と密通したことが知れ、源左衛門の手で切りさいなまれ、川に捨てられる。子分の安蔵がこれを助け、お富と茶店を出して同棲中、通りすがった与三郎はお富と再会。……お富は安蔵を殺して金を与三郎に渡す。お富の父が来て、与三郎とお富は兄妹、安蔵はお富の旧主と知れる。心中をはかるお富と与三郎は……お富も自害して果てる。

という話です。荒筋を記すと荒唐無稽ですが、この歌舞伎は原作をしのぐと評される狂言です。その安蔵とお富が開いたのが、薩埵峠の茶店（二幕目一場）なのです。

八橋山無量寺

――三種の縁起と絵師

「三河国八橋略縁記　全」（墨僊挿絵）
内題「八橋略縁記并杜若来由」
大本、四丁　八橋山無量寺発行
から衣きつつなれにしつましあれば
はるばるきぬる旅をしぞ思ふ
（加藤定彦蔵）

『伊勢物語』の「東下り」で有名な八橋（知立市八橋町）の、鎌倉街道沿いにあった八橋山無量寺（近世は無量寺、明治以降は無量寿寺と呼ぶ）は、慶長六年（一六〇一）に新しい東海道が定められ、街道のルートが変わったため、急速に寂れてしまいました。そのため、近世を通じて住持たちは、「八橋之十景図」の摺物を頒布しただけでなく（「十境の摺物」12頁参照）、「八橋」に関わる三種の縁起や「三河国八橋山無量寺紫燕山在原寺八景之図」（江戸時代後期刊、知立市歴史民俗資料館蔵）を発行するなど、様々な経営努力をしています。『参河国名所図絵』（一八五一年自序）には、

「八橋山無量寺とて、済家《ざいけ》（臨済宗の寺）の禅寺あり。在五中将業平朝臣自作観音并八橋の橋杭縁起等あり、鳥目十疋にて開帳せり。」

（碧海郡・八橋）

と具体的な記録があります。一疋は十文、十疋で百文、現在の貨幣価値に換算すれば二千五百円ほどとなり、やや高めですが、これも経営努力の一環です。

縁起に関しては、末松憲子氏「はじめに歌枕あり――八橋売茶方巌の三河八橋再興」（堤邦彦・徳田和夫両氏編・遊楽と信仰の文化学・森話社所収）に詳しく述べられています。

その中の、能書家源有敬（一七三二年ごろの人）の筆による①「八橋山無量寺縁起」は、業平が二条后と通じたため親族に出家を強いられ、観音像を彫って置き去った庵が無量寺であるとします。筆者不明の②「杜若《かきつばた》姫伝由」は、業平を慕って都から追ってきた文徳天皇の后（小野篁の娘）が、遇えずに病死してしまった。その地に文徳天皇が建立したのが無量寺であるとします。①と②は、無量寿寺が現蔵しています。一丁裏に墨僊《ぼくせん》の挿絵がある③「三河国八橋略縁記（ママ）　全」には、川で溺れ死んだ二人の子供の供養のため、仏の力を借りて八つの橋をかけたという地名由来譚が載ります。③とその復刻版「八橋略縁起并杜若来由」は刊行されていますが、なぜか肉筆としては伝わりません。

③に挿絵を寄せている牧墨僊《ぼくせん》（一七七五～一八二四）は尾張藩士で、江戸に在勤中、狂歌を唐衣橘州に、画を喜多川歌麿に師事し、歌麿没（文化三年・一八〇六）後は葛飾北斎（一七六〇～一八四九）に師事し、画号を歌政から墨僊と改めています。従って、③は文化三年以降、無量寺の復興に努めた二世売茶翁方巌《ほうがん》が発行したものと判明します（次章参照）。

なお、師の北斎には、文化二年、三河擣衣《とうい》連三笑の依頼により同連の狂歌に肖像画を描いた小摺物のシリーズ九十一枚があり（『新編岡崎市史近世学芸13』所収）、その中に八橋連古老

の、

老の皺　のしめの春は　人なみに　世ははりものと　紙子をぞ着る　九十二翁元冬里

なども含まれていて、同四年正月の冬里ら八橋連の狂歌摺物には墨僊が挿絵を寄せているので、略縁起の挿絵依頼には彼らの口利きがあったと思われます。北斎門に移ったのも彼らの仲介があったのかも知れませんが、墨僊の画風は以後も歌麿風のままで、略縁起の挿絵にやや不似合いな浮世絵の雰囲気があるのはそのためです。

ちなみに北斎は、文化九年（一八一二）、関西旅行の途次、名古屋の墨僊宅に半年滞在していて、その間描き溜めて刊行したのが『北斎漫画』初編です。文化十四年には再び名古屋に滞在し、今度は墨僊らの企画により、西掛所（本願寺別院）で、百二十畳敷の大達磨絵を描き話題をかっさらいました。

＊吉田俊英氏『尾張の絵画史研究』（清文堂）、『八橋無量寿寺～伊勢物語と方巌売茶翁《ほうがんばいさおう》～』（知立市歴史民俗資料館）、『大北斎展・図録』（朝日新聞社）参照。

茶を売る禅僧

——禅の思想と商行為

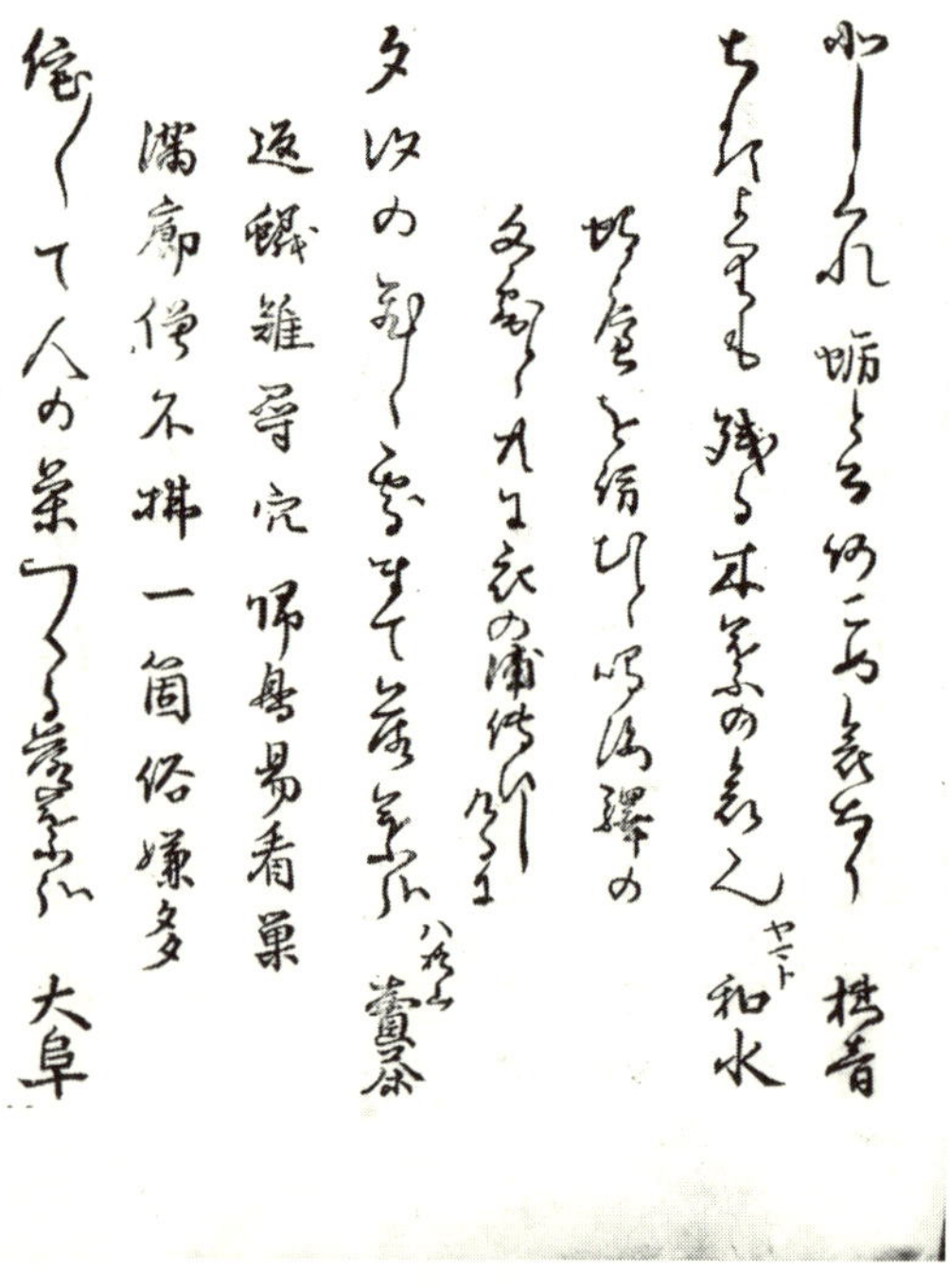

『浅野集』
文化八年（1811）序

夏目漱石は『草枕』で、「世間に茶人ほどもったいぶった風流人はない」(四)と、抹茶を点てる茶の湯を酷評しています。ところが煎茶に関しては、同じ『草枕』の中で、「閑人適意の韻事である」(八)と絶賛しています。大規模な煎茶会もしばしば催され、明治・大正は煎茶の全盛期だったのです。

煎茶道は、黄檗宗《おうばく》の開祖隠元(一五九二〜一六六一)が始めたとも言われますが、肥前(佐賀県)生まれの一人の禅僧(黄檗宗)が、京都東山の西麓に「通仙亭」という喫茶店を開業したことに始まると考えてよさそうです。身は寺院にありながら心は俗塵にある僧侶たちへの批判をこめ、あえて茶を売るという商行為によって自給したのです。そして自らを売茶翁と号し、「洛下風流の徒《ともがら》喜びてそこに集《つど》」(近世畸人伝・巻二)ったのです。その中に、彭城百川《さかきひやくせん》、伊藤若冲《じやくちゆう》、池大雅などの若い画家がいます。彼らは「売画自給」「斗米庵・米斗庵」(画一枚米一斗)「待賈堂《たいかどう》」(よい売値を待って売る)と、翁の影響を受けて「売」に縁のある画号・画印を用いたのです。

この煎茶道の創始者高遊外《こうゆうがい》売茶翁(一六七五〜一七六三)の生き方にひかれ、茶道具一式と生活道具を入れた笈(無量寿寺蔵)を背負い、京や江戸で煎茶を売ったのが、二代売茶を称する、福岡藩士の三男、臨済宗妙心寺派の僧方巌《ほうがん》（一七五九〜一八二八）なのです。

方巌は、文化二年（一八〇五）、江戸上野の草庵から諸国行脚の旅に出ます。九月、三河八橋（愛知県）に至り、荒れ果てた寺を見て歎き、在原寺《ざいげんじ》を再興して住職となり、さらに同六年「八橋山杜若講中《こうじゆう》」を結成、無量寺の復興にも努め、唐衣殿と名づける一堂の造建を発起し、古跡八橋の③略縁起を発行したのです（前章参照）。漢詩や俳諧にも親しむ風流人で、村瀬大阜《だいふ》編の『浅野集』（文化八年序）に入集する、

蝸廬《かろ》（大阜の庵号）を訪ひて鳴海駅の文露と共に衣《きぬ》の浦伝ひしけるに

夕汐の　ひく処まで　落葉哉　　八橋山　売茶

は、無量寺に移り、文化六年秋から冬にかけて知多へ勧進に出たときの作とおもわれます。

雅名を「衣《きぬ》の浦」と呼んだ横須賀（東海市横須賀町）は、伊勢湾に面する知多半島の付け根に位置し、尾張藩の御殿や代官所があり、政治経済の一拠点でした。俳諧も盛んな土地柄で、そこで育った編者大阜は、「米津屋書肆《しよし》という古本屋を営んで俳諧に遊び、財を無くして清貧に甘んじた奇人的性格の持ち主」（服部徳次郎氏・暮雨巷暁台《きようたい》の門人・愛知学院国語

研究会）でした。鳴海宿の素封家《そほうか》、千代倉の七代伝芳とも旧知で、

横須賀兵庫屋弥五助殿（大皐の俗名）来。八橋へ参候由。　（文化七年二月十七日）

横須賀大皐よりはいかい浅野集二冊到来。　（同八年五月九日）

と伝芳の日記に登場します。方巌の勧進活動の背後には、千代倉家・伝芳の強力な経済・文化のネットワークが存在していたのです。

なお、方巌書留『独健帳』によると、文化二年九月に無量寺に寄った時に、肉筆の縁起を写しています。そして十月に千代倉家を訪ねた後、名古屋鈴屋門《すずのやもん》（本居宣長の門下）の中心人物で、版木師の植松有信（忠兵衛）に会って、「八橋縁起ノ事」を聞かされたようです。その情報を、後にアレンジ・脚色したのが③八橋略縁起ではないでしょうか。

＊森川昭氏・千代倉家日記抄　四十五・夷参《いさま》9号、『知立市史』、永田友市《ともいち》氏・方巌売茶と『独健帳』・私家版、『八橋無量寿寺～伊勢物語と方巌売茶翁《ほうがんばいさおう》』（知立市歴史民俗資料館）参照。

パリ国立図書館蔵『華の城』

――石川依平の短冊

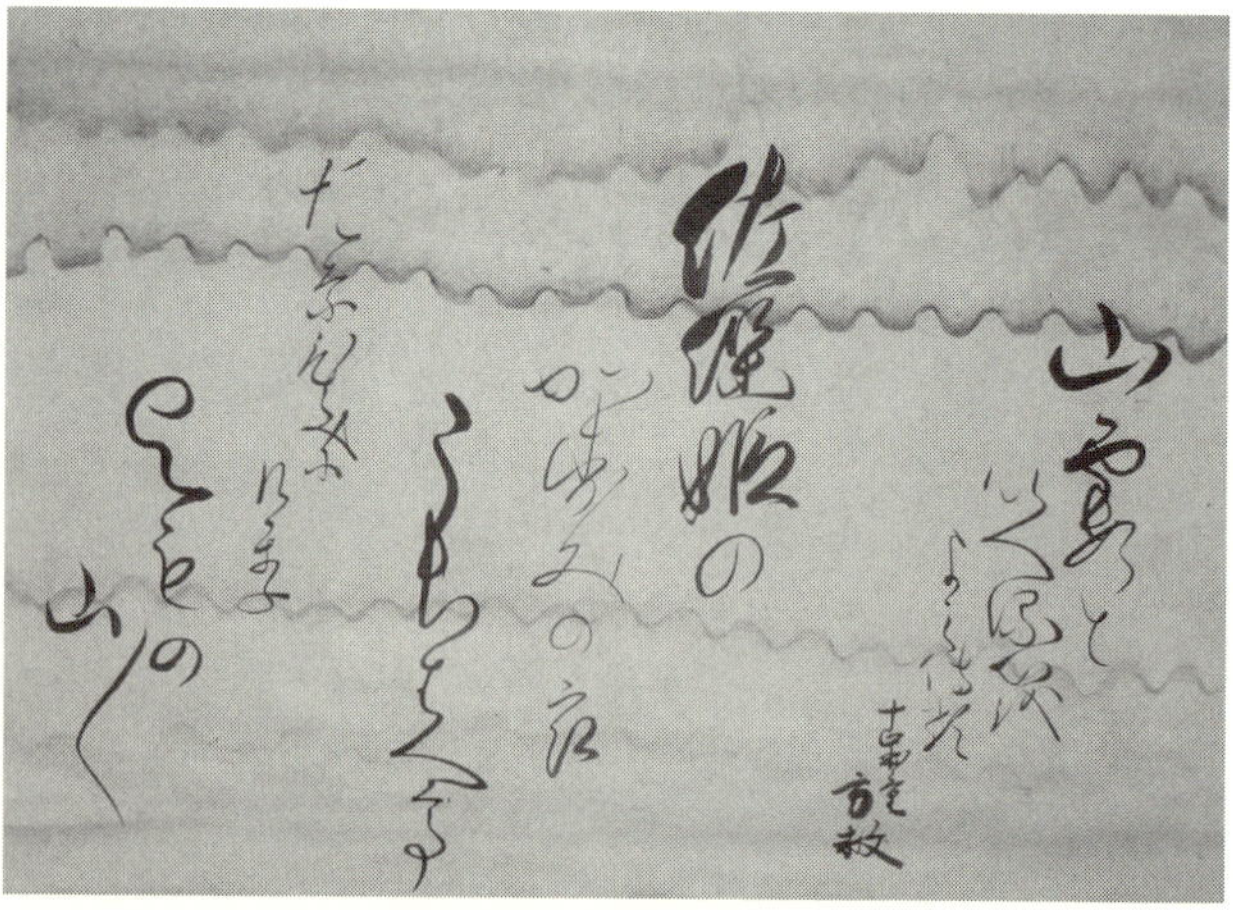

石川方救十歳の筆跡

山霞といへる心を　よみ侍る　　十歳童　方救
佐保姫の　かすみの衣　うちはへて
たなびきにけり　よもの山々

森鷗外の『渋江抽斎《ちゆうさい》』は、鷗外と同じ道を歩いた、江戸後期の漢方医の伝記です。鷗外には、渋江抽斎の父の友人寿阿弥が、駿河の漢詩人桑原芯堂《ひつどう》（名は正瑞《せいずい》、通称古作《こさく》、一七八四～一八三七）に宛てた手紙の「筋書」を内容とする『寿阿弥《じゆあみ》の手紙』という作品もあります。その第一章に、「芯堂の妻は置塩芦庵《おしおろあん》の二女ためで、石川依平《よりひら》の門に入つて和歌を学んだ」と紹介しています。確かに依平の「門人録」（鳥居孫平氏・歌人石川依平・東山口村青年団発行）に「桑原古作正瑞妻　ため　志太郡島田宿　天保四年（入門）」とあります。

この桑原ための和歌の師石川方救《よりひら》、のち依平《よりひら》（号柳園、一七九一～一八五九、没落した大庄屋《おおじようや》の跡継ぎ）は、『東海道人物志』（一八〇三年刊）、自著『家能武可志談稿《いえのむかしだんこう》』、『柳園雑記』付載「先師石川翁略伝　門人等記す」によると、五歳から歌を詠み始め、大人のような歌を詠むので、世の人は「奇童」と呼びます。六歳のとき、掛川領主に召され、当座に、

川浪の　音もさびしき　夜もすがら　友よびかはし　千鳥鳴くなり

他一首を詠んでいます。

その四年後の寛政十二年（一八〇〇）、三都随一といわれた飛脚問屋を営んだ、大江丸《おおえまる》という俳人（一七二二～一八〇五）が、七十九歳にして、大坂を出発して六ケ月にわたる旅を

します。遠江国佐野郡《さや》（静岡県掛川市）に着いた時、同国伊達方《だてがた》の吉川（正しくは石川）方救《よりひら》という十歳の童とその父親が尋ねてきます。そして、伊勢の本居宣長（一七三〇〜一八〇一）から讃することを求められていた、紀国（和歌山県）の八歳の神童が描いた竹に、方救《よりひら》が、

すゑしらぬ　ほどや千尋《ちひろ》の　竹の春

と書いたのをめでます（『あがたの三月よつき』）。この時、大江丸は方救《よりひら》から次の短冊をもらっています。

庭上松

かぎりなく　猶行末も　庭の面《おも》に　千とせをならす　松風の声　　方救

この短冊を飛脚仲間の長島雅秀が入手し、大江丸の序を付して、俳諧摺物張交帖《はりまぜ》『華の城』の末尾に貼り付けました。この俳諧摺物には、葛飾北斎などの絵師による彩色絵が刷られていたため、西欧人が購入し、ついにパリ国立図書館蔵となるに至ったのです（秘蔵浮世絵大観・8・講談社・近藤映子氏・パリ国立図書館蔵未発表摺物アルバム三巻について（中）・浮世絵芸術・81号）。

方救《よりひら》は九歳の時に、冷泉為泰《ためやす》（一七三四～一八一六）に入門したのですが（この時の「道の記」の写本が筑波書店古書目録第93号に掲載）、十七歳のとき、古歌古文の学問に基づいた万葉調の和歌を詠み、歌文界に衝撃を与えた賀茂真淵（遠江の人、一六九七～一七六九）の弟子本居宣長の『玉あられ』（一七九二年刊）に衝撃を受け、

玉あられ　たばしる音に　冬草も　拒《すま》ひかねてぞ　打ち靡きける　（略伝）

と詠みます。『玉あられ』は、雅文を作るための語学書ですが、そこから国学に興味を持ち、同じ遠江国の栗田土満《ひじまろ》に入門し、やがて依平《よりひら》は、二百七十九名の門人を擁する、遠州では著名な国学者・歌人になるのです。

ただ、江戸では「伊達方小僧」と呼ばれ、宣長は栗田土満《ひじまろ》への書簡に「掛川の近きわたりに幼年の歌よみありとの事なるが、其は野狐の所為なるべし」（略伝）と記し、『南総里見八犬伝』の著者滝沢馬琴（一七六七～一八四八）は、成人した「東路の奇童」と対面し「大かた幼なき程のかしこさは、痼症（病い）のわざなりと、ある博士の言はれしはさる事なるべし」（兎園小説）と、それぞれに受け止めています。

佐渡の旅人西国へ

――華岡青洲と対面

東側から見た移築前の春林軒

「春林軒は大正時代まで平山にありましたが、大正 12 年に持ち主が変わり主屋は旧粉河町に移築されました。主屋の屋根、三病室（手前の建物）、看護婦宿舎（右の２階建の建物）が見えます」

（華岡青洲顕彰施設　青洲の里ホームページより転載）

文化十年（一八一三）四月十九日、沢根（佐渡市）の廻船問屋笹井秀山（三十九歳）・倅岩之助（十九歳）・佐平次の三人は、西国への陸路の旅に出ます。

五月二十一日、佐渡をたってひと月、一行は紀伊国（和歌山県）名手郡平山村に着きます。ここが旅の第一の目的地だったのです。さっそく随賢先生（華岡青洲の通称、一七六〇〜一八三五）の館を訪ね、先生の診察を受けるために佐州から来た旨を弟子に伝えると、承知しているとのことで、暫く逗留することになる家に案内されます。随賢先生（青洲）の館は、四町（四三六メートル）四方もあり、初めて見る人は旗本の屋敷かと思うような白壁の惣瓦葺きで、土蔵長屋や薬店もあります。この建物群が随賢自ら名付けた「春林軒」です。

翌朝、三人は初めて随賢老に面会し、少々の土産物と一封を差し出します。先生は「遠国より尋ね登られたことは随分承知しています。まずその療治人の様子を」と岩之助の脈をとって、この病人の痔を御覧になり、弟子達にも一通り見せた上、先生ご自身が「其所」を切り、膏薬と腹薬をくださる。そして「病人と僕一人は三、四十日ここに置いて、其処許《そこもと》は京都大坂で用事を済ませられてはいかがか」とおっしゃってくださる。秀山は倅のことをお願いして春林軒を立ちます。

有吉佐和子の『華岡青洲の妻』によって、医学関係者以外にも一躍有名になった随賢（華岡青洲）は、一八〇四年、経口麻酔剤「通仙散」を用いて全身麻酔下での乳癌摘出手術に世界ではじめて成功しています。その後紀州侯の招きを再三辞退し、僻村に暮らして民衆の医療に尽力したとされますが、それが虚像でないことは、秀山が記録した随賢の言動から十分確認できます。

秀山は、大坂から連れてきた案内人を友とし、高野山に向かいます。倅と久しぶりに対面したのは、大坂の宿で、七月九日のことでした。しかし、歩行に堪えないため、岩之助は兵庫から船で帰ることにします。ここから秀山と佐平次の旅がはじまります。『平家物語』の名所などをめぐり、高砂（兵庫県）から夜船に乗り、丸亀（香川県）へ。商売柄、金毘羅宮に詣で、船中泊を重ねて音戸の瀬戸（広島県呉市）に着いたのは七月二十五日。ここ一両日西風が吹き、波も立ち、艪を押すことも難儀でしたが、この日は朝から凪になり、船中一統に悦び祝します。

なぎに成り　艪をおし立てて　早船も　おんどと酒が　はりあいに成る

秀山が、この西風では下関までなかなか着けないのではないかと、陸につけて二人を下ろしてくれと頼んだ時は、

高風に　けふはあがろぅ　あすは陸と　とんだやかまし　乗り人はない

と口ずさんでいました。この当意即妙の二首は、音戸の瀬戸で船頭が詠んだ狂歌です。船頭といえば、『土佐日記』（九三四年）では、「楫取（船頭）、もののあはれも知らで、己《おのれ》し酒をくらひつれば」などと酷評されている人たちです。江戸時代の船頭はもはや風流を解する教養人なのです。広島から船で各地をめぐり、太宰府天満宮（福岡県）などに寄りながら下関へ。下関から佐渡まで海路の北国下りです。

全十五巻の秀山の紀行を翻字・研究された佐藤利夫氏は、百四十四日間の旅行に要した費用は、岩之助の痔の手術などの経費も合わせて、三人で約二十五両くらいと推定されます。換算するのはむつかしいのですが、だいたい二百五十万円くらいでしょうか。

＊佐藤利夫氏編『海陸道順達日記　佐渡廻船商人の西国見聞記』（1991年・法政大学出版局）参照。

美濃和紙と上有知湊

――別離の漢詩

上有知湊《こうずち》（長良川沿い、岐阜県美濃市）
高さ９メートルの住吉型川湊灯台と住吉神社の鳥居
（2016年11月16日撮影）

和紙は、原料、生産地、使用方法の違いによって、それぞれに名前をつけて区別するようになったため、無数の名があります。江戸時代の版本によく使われているのは楮紙《ちよし》で、楮《こうぞ》を原料とします。奉書紙《ほうしよがみ》は、上位者の意を奉じて下達《かたつ》する文書（奉書）に使った紙で、厚手の楮紙のことです。鳥の子紙もよく知られますが、鳥の卵の色、すなわち淡黄色の紙の意で、雁皮《がんぴ》（ミツマタなどジンチョウゲ科の落葉低木の樹皮の繊維）を主原料とします。それゆえ雁皮紙《がんぴし》とも呼べます。このように命名が重複するので、古写本の料紙が記してある場合、ときどき混乱が生じます。

美濃紙《みのがみ》は、美濃国（岐阜県）から産出する和紙の総称で、正倉院に「御野国（美濃国）」の戸籍の料紙が伝わります。質量ともに我が国を代表した和紙の一つで、室町時代には、大矢田《おやだ》（美濃市）に紙市が開かれていましたが、戦国末期に衰退してしまい、上有知（カミウチ→コウズチ、美濃国武儀《むぎ》郡、現、美濃市）に移ります。その地を水運拠点として整備し、上有知湊を開港したのは、安土桃山時代の武将金森長近（一五二四〜一六〇八）です。黒田官兵衛や細川忠興と同様、三英傑の世を無事渡り歩き、武運に恵まれた人物です。土岐氏の庶流大畑定近の子として美濃国に生まれ、信長の近習として活躍し、のちに秀吉、関ヶ原の戦いでは東軍に属して軍功がありました。一介の武士から飛弾一国（三万八千石）の大名と武儀郡の領主を兼ねることになった人物なのです。

長近は、みずから築いた飛騨高山城を養子可重《ありしげ》にゆずり、上有知に小倉山城を築き、商業と舟運に重点を置いた城下町作りに着手します。順番が定められた番船四十艘をつくらせ、物資の集散輸送に当たらせたのです。また、美濃和紙に着目し、原料の自給自足を計って地場産業を振興したことなどにより、金森家没落後も郷土開発の恩人として慕われているようです（美濃市史、高林現寶氏・美濃市と金森長近公・私家版参照）。

ところが、皮肉なことに、金森長近の子孫が、郡上一揆の原因をつくった、郡上八幡藩主金森頼錦《よりかね》（一七一三〜六三）なのです。「処刑された講釈師」（268頁）参照。

文化の面で特筆すべきは茶の湯です。長近は古田織部と親交があり、京都伏見に造った茶亭によく秀吉を招き、家康・秀忠上洛の折には二人を招いて遊宴を催しています。養子可重は利休の長子道安に茶を学び、可重の長子宗和《そうわ》は、現在も存続する茶道の流派「宗和流」の流祖なのです。

さて、『伊豆の踊子』の下田港の場面に限らず、湊には人との別れが付き物です。川湊灯台の脇に、文化十年（一八一三）の秋、金策を兼ねて来遊した頼山陽（安芸の人）が、当地の村瀬藤城《とうじょう》との別離を惜しんだ詩碑が建っています。藤城は、山陽門下俊才中最も師に敬愛された漢学者です。

解纜離舟帯酔乗　纜《ともづな》を解いて岸を離れる舟に、昨夜の酔いが醒めないまま乗る。
急灘忽過石千層　舟は早瀬に乗って、またたくまに幾重の岸壁を通過する。
厓頭送我人如豆　岸のほとりで私を見送る人は、豆つぶのようだ。
挙笠招招呼互膺　笠を振り上げ、互いに大声で呼び交わす。

＊宗和も藤城も、一般的にはあまり知られていない人物ですが、たまたま、この原稿を執筆中に、編者の後藤憲二氏から贈られた『類聚名家書簡次扁　図版』（青裳堂書店）の中に、青田（氏）あての金森宗和の手紙と、村瀬藤城あての丹羽盤桓《ばんかん》（一七七三〜一八四一、尾張藩士、書家、藩校明倫堂の手跡指南）の手紙の影印を見つけました。後者は薄葉紙（薄美濃紙）二帖を送られた礼状で、当然のことながら達筆です。二人ともたしかに「名家」なのです。

坂東順礼の旅

——無名の人の旅日記

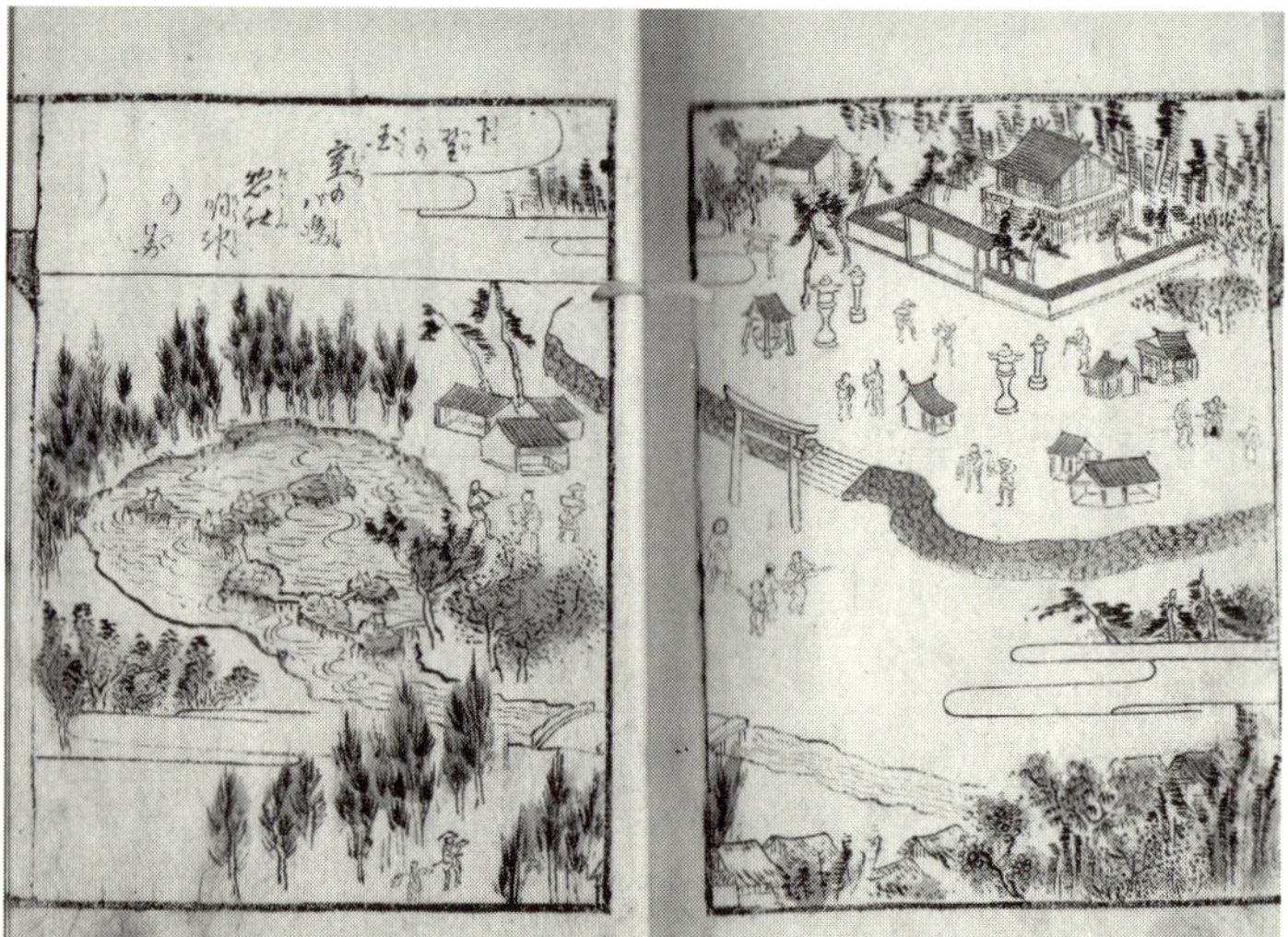

『野山のとぎ』（巻の四・稿本）
作者楚青が描いた「下野の国　室の八嶋　惣社明神の図」
左の池の中にミニチュア版「室の八島」が描かれる

『奥の細道』（一七〇二年刊）や『東海道中膝栗毛』（一八〇二～〇九年刊）ではなく、普通の人の普通の旅を書き留めた『野山のとぎ』（関東俳諧叢書・第二十四巻所収）という、おもしろい紀行があります。

出雲（島根県）松江藩の支藩である広瀬藩の人で、本名も身分も分からない楚青《そせい》（俳号）という人が、坂東三十三所の観音順礼の旅をします。巻の四しか発見されていませんので、途中で江戸に留杖《るじょう》し、貸座敷で越年、文政十三年（一八三〇）の初春、再び順礼に出るところから始まります。

旅立ちの前月、句会に招かれ、宗匠の家に一宿します。そこで、貴卿《きけい》の国から『松の曠《はれ》』という俳書が届き、

二日灸　して夢も見ず　寝たりけり　　楚青

が入集していると言われ、面目をほどこします。この『松の曠《はれ》』が、「青裳堂古書目録」（昭和六十三年）に写真入りで掲載されていて、奇しくも楚青が実在の俳人であることが証明されました。

旅立ちの前日、石の竈《かまど》、蒲団三枚、消し炭、箒、雪駄等々の家財道具を処分するため、三

軒の古道具屋に入札をさせます。一番高値をつけた店の手代と、

「只今受け取りに参りましょうか」

「イヤ、明日の朝茶漬けを食べてからでないと渡せない」

などと遣り取りして、夕方、家賃を日割りで払い、借家受状を大家から取り返します。


下総の国(千葉県)に入り、出雲の国では東の果てのように思っていた富士山を西に見、ぐれ宿という、乞食宿に泊まります。そこでは、二十人ほどの宿泊客が夕飯もそこそこに、博打を始めます。誘われた楚青氏は、ここで弱みを見せてはいけないと、

「我らも上方では道楽仲間の世間師だ」

「上方では博打は何がはやっている、伏せか投げか(賭博仲間の隠語)」

「まず丁半がはやる」

と答えて素人であることを見透かされてしまいます。


成田山新勝寺に参ったところはや黄昏、一人旅は法度《はっと》也と宿に難儀をしますが、町裏の閻魔堂で休んでいると、庵主の尼さんが木賃《きちん》で泊めてくれるという。ところが、尼さんが言うには、「お前、大儀ながら井戸から一荷《いっか》汲み上げくださらんか」。案外遠い谷底の井戸を見

つけ、担いで帰ると、「若い者は気散じ（のんき）なり。坂も苦にせぬ荷《にな》へぶり。よほど力が強いと見える」と二往復させられ、木賃も過分にとられた上に蒲団代までとられ、欲深尼に愛想を尽かします。

巻の終わり近く、川崎の伊勢屋に泊まった時のことです。七十ばかりの老母と二十歳ばかりの娘をつれた四十あまりの大坂の男と相客になります。夕飯を食べ始めるやいなや、娘がお腹が痛いと苦しみ出します。笈《おい》の中から用意の薬を取り出して呑ませたところ、即時に子を産み落としました。懐妊の姿に気づかなかった楚青氏は茫然として狂歌を一首。

膳出《だ》せば　客は産後と　成りにけり　こわ何事と　夕めしの場《ば》に

（「産後」に、見込みがはずれる意の「三五の十八」をひびかせるか）

坂東三十三所は文暦元年（一二三四）以前にできていたようです。江戸時代には順礼が民衆化、行楽化され、この紀行でも、観音の功徳にあずかることよりも、旅先での非日常的な体験がいきいきと語られています。

＊校正中に、ヤフーオークションで『松の曠』を発見。題簽「まつのはれ　全」（中央）、下五は「寝たり梟」。

和宮の江戸下向

――村人の負担

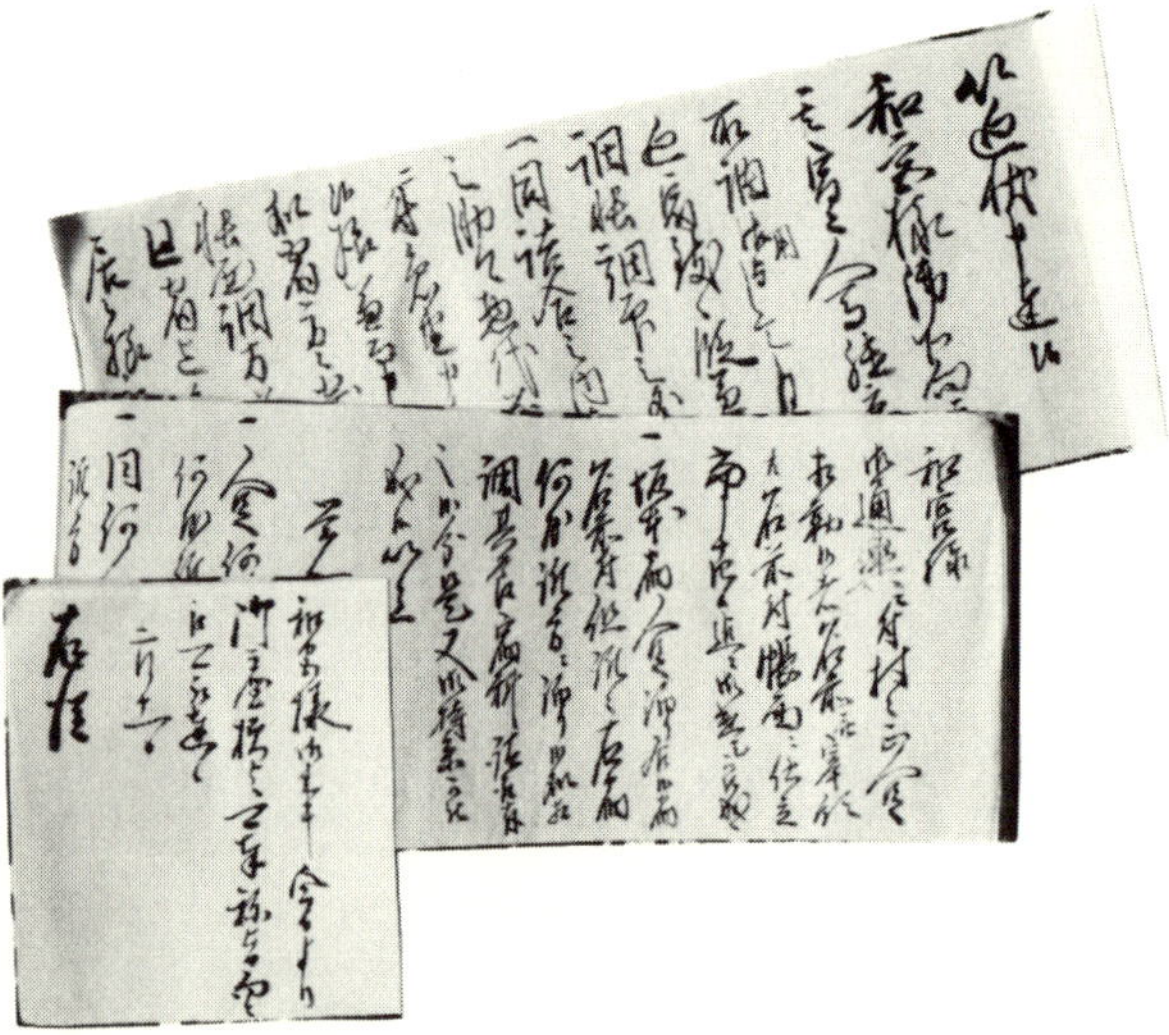

左部《さとり》家「**御廻状写帳**《かいじょう》」（文久二年）

桜田門外の変で、大老井伊直弼が斬殺《ざんさつ》された翌年の文久元年（一八六一）、孝明天皇の異母妹和宮（一八四六〜七七、落飾後、静寛院宮《せいかんいんのみや》）が、将軍徳川家茂《いえもち》（一八四六〜六六）へ降嫁のため、十月二十日京都の御所を出発、十一月十五日江戸に到着しています。東下を阻止しようとする志士や浪人があふれている東海道を避けて、中山道が選ばれました。

旅行

宿りする　里はいづこぞ　峰越えて　ゆけどもふかき　木曽の山みち

旅宿

遠ざかる　都としれば　たびごろも　一夜の宿も　立ちうかりけり

（静寛院宮御詠草・十四）

有栖川宮熾仁親王《ありすがわのみやたるひと》と婚約していた和宮にとっては、不本意で絶望的な都落ちであったと思われます。和宮の心情も察するに余りありますが、道筋の村の人々の負担も並大抵のものではありませんでした。この一行の荷物は、長持三一一棹、具足一一八荷、両掛《りょうがけ》類一九一四荷、乗物三一〇挺《ちょう》という膨大なもので、しかも宿場ごとに人馬を乗り換えるのです。上野国（群馬県）の場合、江戸から雇った人足三千人に加えて、一万五千人の人足を徴発しています（安中市史）。この人数の多さは、助郷《すけごう》によるものです。助郷というのは、宿駅の常備人馬だけでは足りない場合、近傍の郷村が課役《かえき》を提供する制度です。

人馬の提供は、石高百石につき二人・二疋と定められた強制的賦役《ふやく》でしたが、交通量が増大した江戸時代後期になると、数百倍の課徴となった村もあるようです。そのため、困窮・疲弊した村では、助郷休役を願う村が続出しています。夫役《ぶやく》は貨幣で納めることもできましたが、いずれにしても村民の負担は際限がなく、ついに明和元年（一七六四）、武蔵・上野等の百姓二十万人が、日光社参のための伝馬《てんま》助郷役増徴に反対して蜂起しています。これは、「武蔵国天領・川越藩領他明和元年一揆」あるいは「伝馬騒動」「天狗騒動」と呼ばれる、広域で蜂起した大一揆、「島原以来の事」といわれた大事件でした。

伝馬騒動の一世紀後、木曽路では、

「今度の御道筋にあたる宿々村々のものがこの（和宮の）御通行を拝し得るといふは非常な光栄に相違なかった。」

（夜明け前・第一部第六章）

という歓迎ムードでした。しかし、人足たちは、途中の宿は人足でいっぱいで泊まる所もなく、野宿同然であったり、裏の畑に造られた臨時の人足寄場に入れられるありさまでした（後閑《ごかん》区有文書・役場永々録・沼田市史）。

ここに、幕府の万全の管理体制を示す、珍しい文書《もんじょ》があります。中山道から遠く離れた奈良村（群馬県沼田市）の名主左部《さとり》家が保管していた、領主が通達した書状の写しです。文久二年のもので、前年の「和宮様御下向ニ付」あるいは「御通輿《つうよ》ニ付」、役人が取り調べのため宿《しゆく》を廻るので、明後二日四ッ時（午前十時）までに、名主・組頭は印形持参の上出向し、村々でまとめた助郷人足書出帳を提出せよというものです。「和宮様御事、今日より御台様（将軍の妻の敬称）と称し奉るべき旨」の御触れも、二月十一日に出されています。

和宮は、文久二年（一八六二）二月に婚儀を挙げ、その四年余り後の慶応二年（一八六六）七月、夫家茂と死別。十二月に薙髪《ちはつ》して静寛院《せいかんいん》宮と称します。その後政情がいちじるしく緊迫し、苦境にたたされますが、徳川家を弁護するため朝廷に嘆願し、家名の保全を果たします。亡くなったのは、脚気療養のために赴いていた箱根塔ノ沢においてで、享年三十二でした。

なお、慶応三年（一八六七）、宿駅の助郷は廃止されました。

明治天皇巡幸

――文明と復古

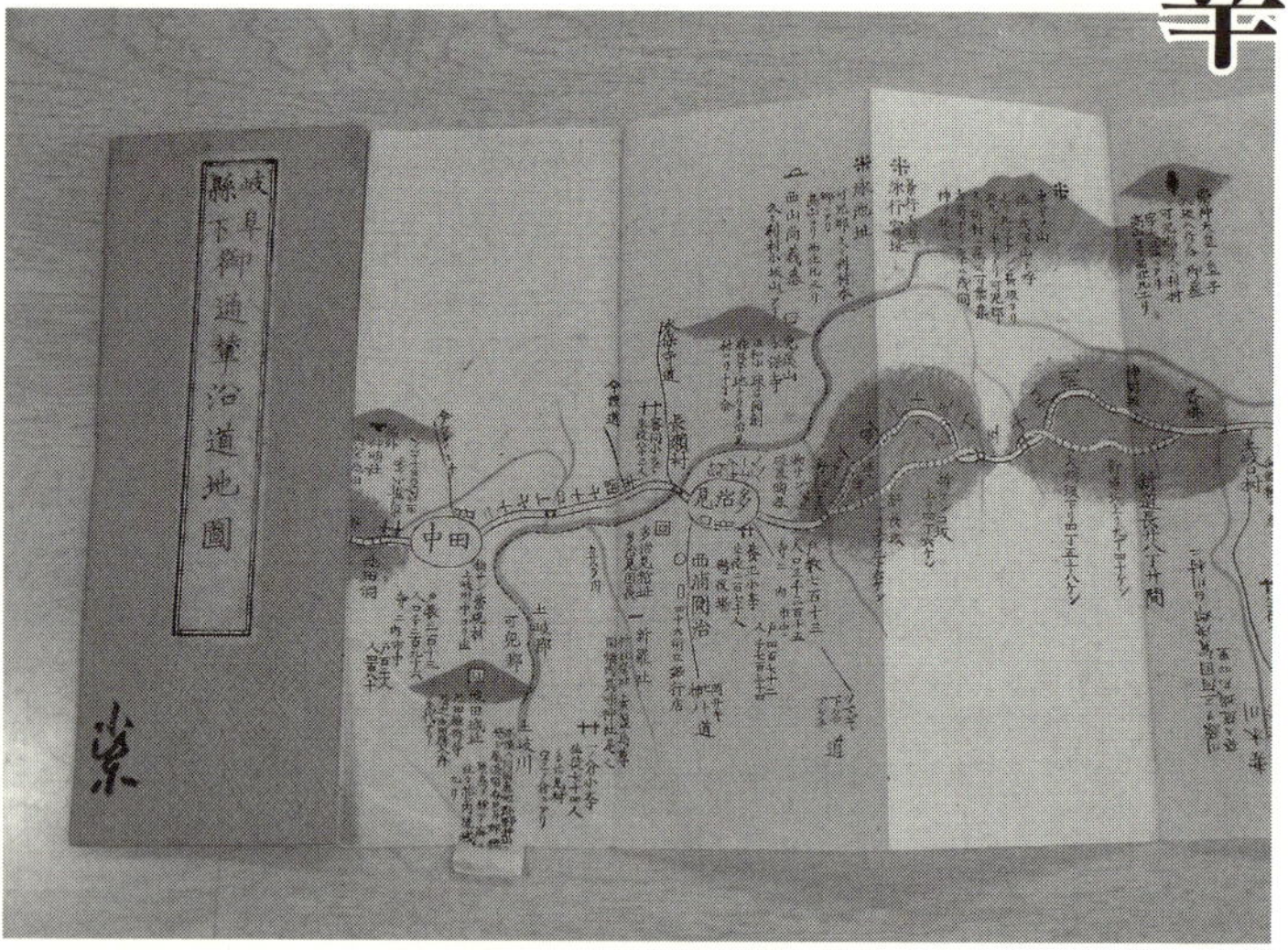

『岐阜県下　御通輦沿道地図』
（多治見市図書館郷土資料室所蔵・折帖・161 × 1670㎜）

「泳池址　可児郡久々利村本郷ニアリ」
「景行天皇泳宮址」
「オギソ山　俗ニ浅間山ト呼」
「崇神天皇ノ皇子八坂入彦命御墓」（以上、右上部）

百《もも》きね　美濃の国の　高北《たかきた》の　八十一《くくり》隣の宮に　日向《ひむか》ひに　行靡《ゆきなび》ける［闕］矣　ありと聞きて　我が行く道の　奥十山《おきそやま》　美濃の山　靡けと　人は踏めども　かく寄れと　人は突けども　心なき山の　奥磯山《おきそやま》　美濃の山
（万葉集・巻第十三）

「百きね」は美濃の枕詞。「八十一《くく》」の表記は九《く》×九《く》＝八十一から。「行靡ける［闕］矣」の「［闕］（かける）」は「手弱女《たわやめ》」などの欠字か（松田好夫氏・東海の万葉・桜楓社）。この長歌は、『日本書紀』景行紀に載る、次の伝説と関係があると言われます。

景行天皇は、八坂入彦皇子《やさかのいりひこのみこ》の娘弟媛《おとひめ》が佳人だときいて、美濃（岐阜県）に行幸します。ところが弟媛は嫌がって竹林に隠れてしまうので、泳宮《くくりのみや》に居を定め、池に鯉をはなちます。それを見たくてやって来た弟媛をつかまえ、結婚をせまりますが、「自分は形姿《かお》も穢陋《かたな》（きたな）く、無理です。姉の八坂入媛《やさかのいりひめ》は容姿《かお》もよく、貞潔《いさぎよ》いので、後宮にめしいれてください」と言うので、姉を妃としました。

「くくり」が岐阜県可児市久々利を指すことは、飛鳥池出土の丁丑年《ていちゅう》（六七七）の木簡に「加尓評（かにのこほり）久々利五十戸人」（飛鳥・藤原宮発掘調査出土木簡概報一三）とありますので、間違いないと思われます。しかし、「くくり」の地名のいわれは「括り」「潜り」あるいは「高句麗」の訛ったものなのか、また、白山神社（石川県白山市）の祭神の一つ「菊理媛《くくりひめ》」と関わりがあるのか、そして「奥十（磯）山」はどこの山を指すのか、はっきりしません。

ここ一年ほど調べ歩いていたところ、多治見市図書館郷土資料室の方から、最近購入した地図に泳宮址が出てくると連絡をいただいた。それは『岐阜県下　御通輦《つうれん》沿道地図』という題簽《だいせん》をもつ非常に珍しい本（折帖）で、保存状態も良いものでした。刊記はありませんが、明治天皇が明治十三年、大阪・名古屋鎮台の合同演習天覧のため、山梨を経て中央道を三重県亀山に向かう途中、岐阜県下の大井・多治見を行在所《あんざいしょ》とした折の出版と思われます――ちなみに、この時、昼食のため行在所となった馬籠本陣の島崎家（青山家）では、正樹（半蔵）が長歌一首と短歌二首（夜明け前・十三ノ五では三首）を詠進、奉祝しています（正樹遺稿・松が枝）――。

明治維新は、攘夷・復古を大義名分に掲げ、志士たちが命をかけて実現させた革命ですが、攘夷をとなえて幕府を追い込んできた薩長・朝廷は、欧米列強の圧力に屈して和親に方向転換します。開化と復古が対抗し、政府内部でもさまざまな勢力の闘争が続き、民衆は朝廷より旧幕府を慕っている状態でした。それを打開するため、新政府は、まだ若い天皇自身が民衆に権威を直接アピールして歩く他ないと考え、明治五年（天皇、二〇歳）から十八年にかけて、のちに「六大巡幸」と呼ばれる全国視察の旅（いわば国見）を実行します（牧原憲夫氏・文明国をめざして・小学館参照）。

先の地図には、「郵便局」「小学校」「病院」「国立銀行」などが誇らしく記入され、「景行天皇泳宮址」「崇神天皇ノ皇子八坂入彦命御墓」（明治八年墓所決定）も明記されています。文明（西欧化）と復古が対抗した明治時代ならではのものと言えます。

なお、地図に「オギソ山　俗ニ浅間山ト呼……万葉集古歌アリ峰ニ浅間神ヲ祀ル」とあるのは、久々利の領主で国学者の千村《ちむら》仲雄が著した『美濃国泳宮考』（一八一八年）によるものですが、『可児市史』付録の小字名まで記入した現代の地図では、浅間神社のある周辺の山裾七箇所に「奥磯山」と記しています。「奥十（磯）山」は普通名詞で、柴（小木《おき》）を苅る入会地をいうのではないでしょうか。

「穐」か「蝿」か

―馬籠の芭蕉句碑

翁塚と拓本

十曲峠を登りきった新茶屋の路傍にある

（1995 年 4 月 17 日撮影）

馬籠宿に、大脇家（大黒屋）の九代目信親（俳号古狂）が、芭蕉百五十回忌を記念して計画し、女婿《じょせい》が意志を継いで建立した、

送られつ　送りつ果は　木曽の穐

芭蕉翁

という句碑があります。これは芭蕉が、貞享五年（一六八八）尾張から岐阜に立ち寄り、「八月十一日、美濃の国をたち」（更科姨捨月之弁）木曽路を通って、更科の姨捨山の月を見ようと旅立った時、名古屋や岐阜に留まる人に別れを告げた留別句「おくられつおくりつはては木曽の秋」（あら野・元禄二年芭蕉序、笈日記《おいにつき》ほか）から採ったもので、「秋」の異体字「穐《あき》」を「蝿」と誤ったものと考えられていました。ところが、昭和四十三年、北小路健氏が発見された「翁塚開眼供養句集」全句の中の四句までが蝿（一句は「蝿塚」）を詠みこんでいて（木曽路文献の旅・芸艸堂《うんそうどう》）、碑に彫られた句は間違いなく「木曽の蝿」なのです。短冊などにしたためられた「……木曽の蝿」が馬籠に存在し、はしなくもそれが句碑に残ったのでしょう。

なお、現存する芭蕉の自筆を集めた『芭蕉全図譜』（岩波書店）の発句の中の「（季節の）あき」にはすべて「穐」ではなく「秋」（「秋」は「穐」の崩し字ではなく別字）の字体が使われて

います。芭蕉は、「蝿」と紛らわしいため「蠅」の字体を好まなかったようです。

木曽は蝿の多い所です。現に、木曽山脈南端の道樹山に登ると、まとわりつく蝿にひどく悩まされます。常連は虫垂れをつけた帽子をかぶって登山しています。この蝿は、都会によくいるイエバエではなく、体長二、三ミリの、ヒゲブトコバエ科のクロメマトイ、「渓流釣り師の天敵」と呼ばれる蝿です。島崎藤村は「ノート・木曽の旅」(昭和三年四月十九日〜五月二日)に、「蝿うるさし」「蝿」「蝿多し」「秋の蝿(殊に足弱りて物にとりつきうるさし)」と何度も蝿のことをメモし、『夜明け前』でも、

「木曽は蝿の多いところだが」(一の五の四)

「取りつく蝿をうるさそうにする尻尾《しっぽ》までも」(二の三の四)

「麻の蝿はらひ、紋のついた腹掛から、鬣《たてがみ》、尻尾《しりを》まで」(二の十二の三)

「秋の日のあたった部屋の障子には、木曽らしい蝿の残つたのが彼の眼についた。彼はその光をめがけながら飛びかふ虫の群をつくづくと眺めてゐるうちに」(二の十四の三)

と、「蝿」がくりかえし描かれています。実際に木曽の山を歩き、目にまとわりつく蝿のうっとうしさを初めて体験した芭蕉は、「木曽の蝿」の短冊を馬籠に残したのだと考えられます。

　さて、芭蕉は、元禄二年（一六八九）、『あら野』の上梓を待たずに奥の細道の旅へと出立します。その旅の途中、蕉門十哲の一人立花北枝《ほくし》（〜一七一八）に語ったと伝えられる『山中《やまなか》問答』に、

「妙句の古きよりは、あしき句の新らしきを俳諧の第一とす」

とあります。「木曽の秋」に物足りなさを感じていた芭蕉は、現地の実態をそのまま詠んだだけの「木曽の蝿」が、まさに「あしき句の新らしき」ことを発見して、次の句を詠み、心を落ち着かせたのではないでしょうか。

うき人の　旅にも習へ　木曽の蝿　ばせを
（韻塞《いんふたぎ》・下巻、元禄六年）

「うき人」は古《いにしえ》より風雅に情ある人、「蝿」は木曽路の旅のつらさを象徴するものです。

＊「送られつ」の句に関しては、赤羽学氏・芭蕉の更科紀行の研究・教育出版センター、「うき人の」の句に関しては、清登典子氏・『木曽の蝿』考——芭蕉餞別句のメッセージ——・文藝言語研究　文藝篇54参照。

藤村が揮毫した短歌

——芭蕉のうた

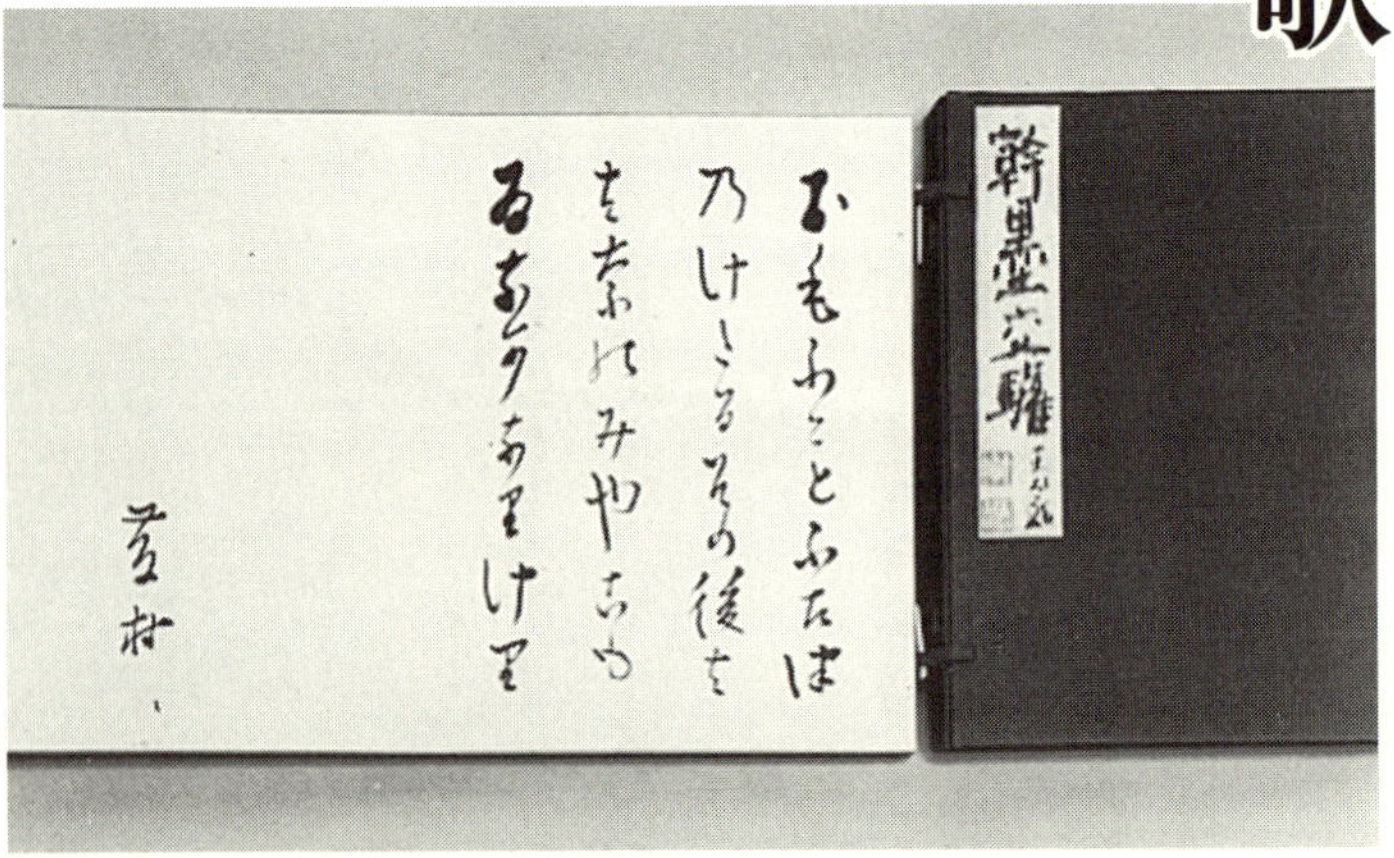

藤村が「翰墨交驩《かんぼくこうかん》」に揮毫した短歌

（依山楼岩崎公式サイトより転載）

島崎藤村の短歌は簡単には見つからないのですが、昭和二年、三朝《みささ》温泉を旅して『山陰土産』を書いた折、泊まった依山楼《いざんろう》岩崎に短歌の色紙を残しています。もう一つ同じ歌の短冊があり、裏に同じ筆で「はせをのうたをしるす」と書かれているそうです（e‐短冊ドットコム・思文閣・2012年10月時点、その後売却済みで非掲載）。

その歌は、許六《きょりく》が蕉門の俳文を集成した最初の撰集『本朝文選《もんぜん》』（巻之七・鄙歌《ひなうた》、一七〇六年刊）に「ばせを」の歌（詞書き「自得《自ら悟ること》」）として入集させたものなのです。藤村は「私の文学に志した頃」という文章に、自分は少年時代から芭蕉が好きで、『風俗文選』（『本朝文選』の改題本）などを読んだのは、弟子たちを通しても芭蕉を知りたいとねがったからだと記していますので、『風俗文選』を読んで記憶していたのだとわかります。

その一首は、芭蕉から受け取った書簡の数が門人の中でもっとも多いとされる、江戸勤番中の膳所《ぜぜ》藩士菅沼定常（曲水）にあてた、元禄三年（一六九〇）六月三十日付の手紙に記されているものです。この時芭蕉は、曲水が提供した幻住庵（滋賀県大津市）に滞在していました。

このたびの京都滞在は暑さに疲れて、俳諧は一句もできませんでした。……秋になっ

たら秋になったらといって、引き延ばして、

おもふこと　ふたつのけたる　そのあとは　花の都も　田舎なりけり

といって、山の庵に逃げ帰りました。（田中善信氏・全釈芭蕉書簡集・新典社による現代語訳）

俳聖芭蕉の和歌というだけで有り難い気がしますが、残念ながら芭蕉の和歌ではありません。これは一首の歌ではなく、其角の句日記『花摘《はなつみ》』（下巻、元禄三年七月奥書）に収録される両吟歌仙の中にある、

おもふ事　二つのけたる　其《その》跡は　曲水
花の都も　田舎なりけり　其角

の付合《つけあい》を、芭蕉がそのまま繋げて、曲水にはそのおかしみがよく分かる一首の和歌にしたものなのです。しかも、其角に対して批判的であった許六《きょりく》が、曲水から手紙を見せられて、意識的に「其角」の名を省いて入集させた可能性もあるのです。

「思ふこと二つ」とは、出世欲とか物欲とかを指すのでしょうか。欲望をのぞいたら、都

も田舎も同じこと、わざわざ花の都に出向くこともない、というような意味でしょうか。

尾張藩の隠密、岡田善九郎の報告書『木曽巡行記』（一八三八年）に、

馬籠宿は、木曽谷中であっても美濃境に近く、比較的暖地で作物が育つけれども、あたまかずよりは田畑が少なく借財多く、困窮している。小百姓に至っては、田地が少ないので牛を飼い、福島・松本などより名古屋等へ荷物を送り、駄賃をもって渡世にしている。あるいは善光寺参詣の旅人の休泊所とし、夏は蚕を飼っている。


と記されています。

馬籠には藤村記念館が建ち、彼の作品はすべてここで執筆されたと錯覚しがちですが、藤村は十歳のとき、東京遊学を志し、兄たちに連れられて、この「困窮している」故郷を出て以来、馬籠に住みついたことがないのです。花の都に住んでいるからこそ、貧しい故郷の田舎を美化し、憧憬《しょうけい》してやまなかったのです。近代の小説家の中で、ことに芭蕉の影響を受けていると言われる藤村は、この一首に特別に共感を覚え、田舎の温泉地にふさわしい歌として揮毫《きごう》したのではないでしょうか。

戸長免職はフィクション？

――『夜明け前』と古文書

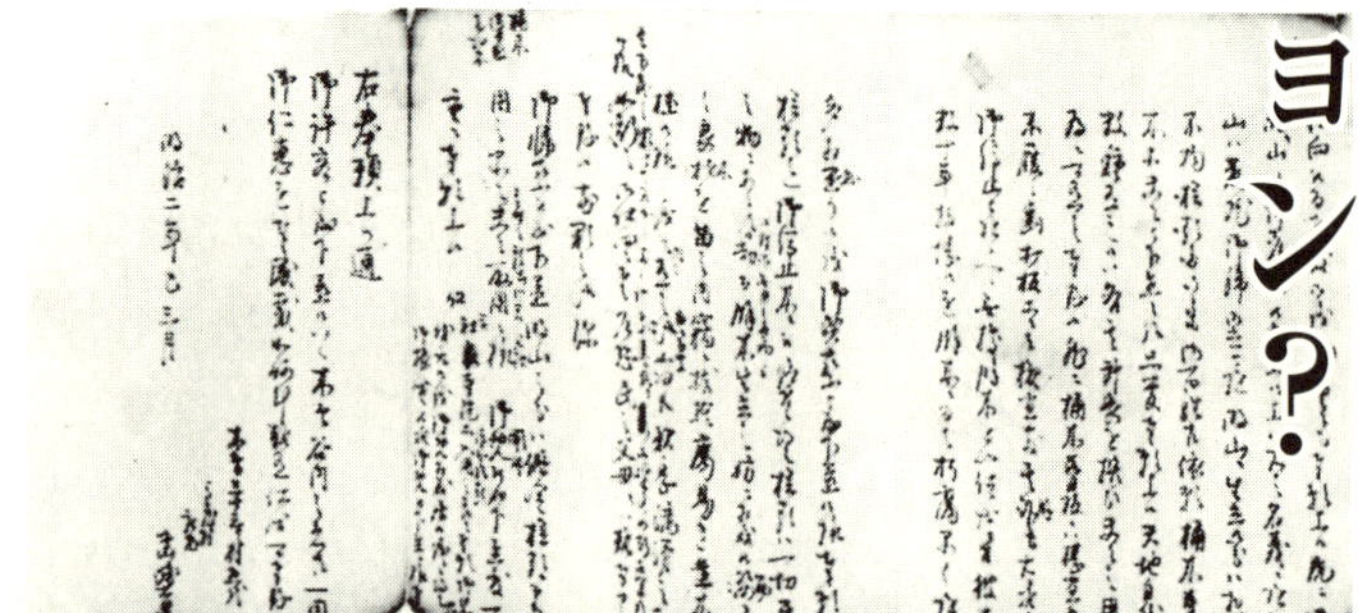

焼け残った**明治２年「願書」**（後半部分）
島崎吉左衛門（正樹）筆
（北小路健著『木曽路文献の旅』芸艸堂より転載）

維新後、宿駅制度が廃され、『夜明け前』の主人公、馬籠宿本陣の青山半蔵（モデルは藤村の父島崎正樹）は庄屋から名主、更に戸長と身分を変え、木曽谷住民を苦しめてきた民有山林「明山《あきやま》」の利用制限の撤廃を、父子二代で戦います。

明治四年十二月、最初の嘆願を名古屋県福島出張所宛に提出しますが、責任者が留守のため預かり置きとなります。翌五年二月、木曽谷が名古屋県から筑摩《ちくま》県に移管されると県庁から申渡し・布令書が届きます。半蔵は取りあえず、県の本庁松本が遠隔なので、福島に支庁を設置し、唯一の自然資源である桧類の伐採停止を解除して欲しいことなどを記した願書を出します。ところが、支庁が設けられると、派遣されてきた主任の本山盛徳《せいとく》（元薩摩藩士）が、五木《ごぼく》（官木）のある「明山」は官有地とする山林規則を口達《こうたつ》したのです。

狼狽した半蔵は集めた古文書類をもとに願書を書き上げ、総代十五人の署名・捺印を得て、明治六年五月十二日、四ヶ村の者と本庁に出頭する手筈を整えます。その動きを察知されれ、その日、支庁に召喚され、

「今日限り、戸長免職と心得よ」（二の八の五）

と言い渡されます。帰途、半蔵が、

「御一新がこんなことでいゝのか」

とつぶやく場面は、『夜明け前』全編のハイライトで、半蔵の悲劇的結末を暗示していて、記憶している方も多いと思います。

この場面が事実に即しているのかどうか、基本文献である所三男氏の「木曽山林事件の経緯」（藤村全集別巻）に当たってみました。正樹が草した願書は、①明治二年三月付、宛名欠、②明治四年十二月付、名古屋県福島出張所宛、③明治五年正月付、筑摩県福島取締所宛、④明治五年二月付、筑摩県庁宛の四通で、①を除けば『夜明け前』と合致し、それぞれ藤村自筆の表題が付されている由です。

さらに、ネットで見つけた、西川善介氏の「島崎藤村『夜明け前』における木曽山林事件の虚実」（専修大学社会科学年報40・2006年）に目を通したところ、半蔵の戸長免職は史実ではなくフィクションで、四通の願書も創作だと記してあり、仰天しました。

半信半疑のまま関係文献を漁ってみると、『夜明け前』には出てこない、馬籠大火で焼け残った願書①が発見されていて（写真参照）、内容的にも『日本書紀』からの引用があり、平田派国学の信奉者に相応しい文章ですので、正樹の筆と考えてよいと思います。

戸長免職の件はどうやら、正樹の友人小松利時が執筆した正樹小伝「ありのまゝ」（『松が枝』所収、後半を正樹本人が加筆、藤村全集別巻）が出処のようです。明治五年二月、五木伐採の禁令が出され、五月十一日、その撤廃を願い出ようとした矢先、翌日に支庁から呼び出され、「戸長を差免《さしめんず》るの旨を申渡さ」れたと記してありますが、年次が明記されていないため、藤村は手控えの『島崎氏年譜』（全集15）に、明治五年二月「戸長免職」、翌六年五月十二日「正樹依頼《（願）》戸長退職」と矛盾したまま書き、それをもとに先の場面を書いたのです。「六年五月十二日」の日付と「依頼戸長退職」が何に拠ったかは不明です。

藤村は、昭和三年四月十九日〜五月二日、取材のため「木曽の旅」（ノート、全集15）に出、生家の隣にあった大脇家で『大黒屋日記』に出会います。一夏かかってそれを抄録（全集15）、旧家などから借覧した古文書（地方文書《じかたもんじょ》）も参照しつつ、勇躍『夜明け前』執筆に取り掛かったのです。

作品完成後、藤村は、そうした古文書にこそ意外な事実が隠されていて、時代の真相を知ることが出来ると、記録を遺してくれた先人に謝意を表しています（桃の雫・覚書、全集13）。

あとがき

この書を亡き中田祝《のり》夫《お》先生と馬渕和夫先生の霊前にささげます。

八十八年の歴史がある歌誌「真樹《しんじゅ》」の主幹山本光珠《こうじゅ》女史と私との共通の恩師である馬渕和夫先生のご推薦により、同誌で古典随想の連載を始めたのが平成二十一年一月号、二十九年六月号で百回になりました。これを機に一冊にまとめてはどうかと言ってくださる方もあり、七十五章をえらび、ほぼ年代順に並べ、少し手を入れて（各章の末尾に＊を付して記した部分は今回書き加えたもの）一冊にしたのが本書です。随想ですので、あまり多くの研究者の方々にはお見せしなかったのですが、国語学界の重鎮馬渕和夫先生と和歌文学の権威故井上宗雄先生は奇しくも「私の知らないことが書いてある」と同じことを仰ってくださいました。在野の研究者冥利に尽きます。井上先生は「写真が実に有効に使われている」とも私信に認《したた》めて下さり、これもことに留意した点でしたので、嬉しかったことを覚えています。昨年五月に六十八歳で急逝された三角洋一先生は、毎回おハガキで、「凝縮された豊富な情報」「ちょっとした、じつはスケールの大きな問題にスポットをあててえぐり出し」「クローズアップの仕方も絶妙」などと、あたたかいお言葉をくださいました。それがどれほど励みになったことか、測り知れません。また、「真樹」平成二十二年十月号の「前号10首抄」に、

誕生寺に詣でて戻れば「真樹」誌に外村先生の同寺の高説　守光　則子

真樹誌の外村先生の「直実と敦盛」頭において聞く琵琶　皿田久美子

の二首が掲載されていたことは、自分の名が短歌に詠まれるという、ありえない展開に面喰らいながらも、会員の方が受け入れてくださったという安堵感を覚

えた出来事でした。嬉々として始めた仕事でしたが、それでも毎月の執筆は負担で、素材探しに行き詰まった時には、俳文芸が専門の夫、加藤定彦がヒントを与えてくれました。それがなければ百回続けることは困難であったと、感謝しています。

奈良女子大学で、住宅の設計や庭園学を学んだ私ですが、筑波大学に事務官として就職した時点で、高校時代から興味を持っていた、未注釈の古典文学作品に、真剣に取り組もうと意志を固めていました。国語・国文学がご専門の先生方のごく近くで働きながら学べる環境を配慮していただき、二十五歳の時、国語学の泰斗《たいと》中田祝夫先生の監修で、『宇都宮朝業日記全釈』（風間書房）を出版していただきました。この著書を過分に評価してくださり、かまくら春秋社から「鎌倉叢書」の中の一冊『鎌倉の歌人』を執筆するよう依頼があり、その後、さまざまな発表の機会に恵まれたことは望外の喜びでした。その間お世話になった先生方のお名前はとても挙げ尽くすことは出来ませんが、久保田淳先生、平岡敏夫先生、小松英雄先生、森野宗明先生、守屋省吾先生、田口和夫先生、稲垣泰一先生には心から御礼を申し上げたいと思います。

この度の出版は、ひとえに、東海近世文学会の会員であり、『中島飛行機の終戦』（新葉館出版）などの作者であり、編集者でもある西まさる氏と、ピアニストであり、編集助手である、令室優子氏のお蔭で実現しました。原稿を見ていただいた時、「おもしろい。実におもしろい」とおだてて下さり、出版へと導いて下さったのです。西さん、優子さん、本当に有り難うございました。本書の表紙のデザインを作成してくださった新葉館デザイン室のスタッフ、このような本の出版をお引き受け下さった新葉館出版にも衷心より感謝申し上げます。

平成二十九年七月吉日

外村　展子

●著者略歴

外 村 展 子（とのむら・のぶこ）

1952年生まれ。京都市出身。奈良女子大学大学院住環境学専攻中途退学。転向して現在は、在野の国文学研究者。中世文学会会員。

著書・論文に『宇都宮朝業日記全釈』（風間書房）、『鎌倉の歌人』（かまくら春秋社）、『一条兼良藤河の記全釈』（風間書房）、『沙弥蓮瑜集全釈』（共著・風間書房）、「なぐさめ草」「藤河の記」（『中世日記紀行文学全評釈集成』第六巻・勉誠出版）、「女房文学のゆくえ」（岩波講座『日本文学史』第6巻・岩波書店）、「西山義及び一向宗から京極派歌風へ」（説話・第11号）、『関東俳諧叢書』全32巻（共編・青裳堂書店・文部科学大臣賞受賞）ほか。

古典の小径

記紀から『夜明け前』まで

○

2017年 9月11日　初　版

著　者

外　村　展　子

編　集

西まさる編集事務所

発行人

松　岡　恭　子

発行所

新　葉　館　出　版

大阪市東成区玉津1丁目9-16 4F　〒537-0023

TEL06-4259-3777㈹　FAX06-4259-3888

http://shinyokan.jp/

印刷所

株式会社シナノパブリッシングプレス

○

定価はカバーに表示してあります。

ISBN978-4-86044-633-8